白銀の狼陛下と小国姫の蜜月身ごもり契約

木登

Vanilla文庫

JN178970

イラスト／鈴ノ助

一章

夜空が煌めく涙を流す瞬間をコレット・ノワレがはじめて見たのは七歳のときの、母の葬儀が慎ましやかに終わった日の夜だった。

吸い込む空気は凍てつくように冷たく、さめざめと泣く人々の声を、昼から降り積もる真っ白な雪がかき消していく。

病で母を失った衝撃は計り知れなかったが、コレットはこのサマール国のたったひとりの姫である。人目もはばからず泣きじゃくりたい気持ちを奥歯を噛みしめて耐え、憔悴《しょうすい》しながらも弔問客に対応する父王に日中はずっと寄り添っていた。

悲しみ、思い出、偲ぶ言葉――。

真っ白な花と共にそれらに埋め尽くされた母の棺は、二度と温もりを取り戻さないとばかりに無機質に見えてしまった。

母が、母だったものになってしまった。そう思ってしまった自分と、もう母はいなくなってしまった事実がコレットの心中を黒く覆っていく。

サマール国や周辺国を含め、この辺りは極寒の地だ。コレットは父から『もっと向こうには、地面の奥底まで永久に凍った国もある』と聞いている。短いながらもサマールには春や夏があるわねと、痩せた腕を伸ばして頭を撫でてくれたのは母だった。

他国から今日王妃を弔うためにやってきた要人たちは、今夜は城に宿泊し明日になってから帰っていく。いつもの静かな雰囲気とは違う、どこかざわざわとした空気にコレットは寝付けないでいた。

寝巻きの上から防寒のためのうさぎ毛皮の上着を羽織り、大きな角を持つ巨大な鹿の毛皮で作ったブーツを履いて、自室をこっそりと出る。

防護や防寒を重視して設計された石造りの城は、窓は小さく日が沈むと途端に暗くなる。真夜中の廊下には燭台のロウソクに火が灯され、一緒に部屋を抜け出た影が、踊るように揺れながらコレットのあとを追いかけてきた。

まだ幼い少女であるコレットは、どこかこの非現実的な状況——母を失った悲しみを受け止める時間と静かな場所を求めていた。それに、部屋でひとり泣いて腫れた目元を外の風で冷やしたかった。

しかしそうはいっても、城内には要人がいるため、いつにも増して多くの衛兵によって見回りがされている。城外へ出るなんて到底無理な話だが、コレットもそこまで遠くに行くつもりはなかった。

見回りの衛兵に見つからないように、明かり取りのための中庭を目指す。この中庭は小さな窓だらけの要塞めいた石造りの城にも自然光が入るようにと、城の中央を明かり取りの庭としているのだ。

自分がもっと幼い頃、この中庭でも母と遊んだ。コレットは母からは見えない噴水の縁の陰に身を小さくして隠れ、母が自分を探すのを嬉しく思って声をかけられるのを待っていた。

今思えば、母からはコレットの姿は見えていただろうに、コレットを喜ばせるためにわざと探してみせてくれていたのだ。

七歳になってその愛情を理解したコレットは、今夜その噴水の側で母を失った自分の気持ちを整理したかった。

美しく敷かれた石畳、冬の間は凍り枯れている噴水。どれも午後に降った雪に埋もれているけれど、コレットは雪にさくさくと足跡をつけながら噴水の側まで歩く。

冷たい空気は、腫れて熱くなっていた瞼をひんやりと撫でていく。コレットは噴水の元に着くと、縁の雪を払い腰をかけて、冬の曇り空を思わせるようなアイスグレーの瞳を閉じた。

（お母様が、死んでしまった。これからは甘えず、ちゃんとしっかりしないと……お母様が天の国で私を心配しないようにしないと）

コレットは優しい母がとても好きだった。物心付く頃にはすでに病で寝付いてしまっていたが、体調が良いときなどにはこの中庭で遊んでくれたのだ。病は回復には向かわず、じわりじわりと母を蝕《むしば》んでいくのを、やり切れない気持ちでコレットは見守っていた。

そして、母は凍える季節に天の国へ旅立っていった。

「……ふ、うぅ」

緊張がゆるむと、再び涙がこぼれはじめる。前向きに頑張りたいという気持ちと、自分の胸にぽっかりと空いた穴。

まだ補い合えないふたつの感情の真ん中で、コレットは涙を流した。

そのときだ。遠くからサクサクとこちらに向かって雪を踏む足音が聞こえて、コレットは咄嗟に濡れた頬を拭《ぬぐ》い、そちらに顔を向けた。

「……誰？」

遠慮なく突き進んできた足音の主に、コレットは一瞬身構えた。

サマール国の西側に位置する、カンガル国の王太子であるミゲル・モニエがやってきたからだ。

ミゲルはコレットと同じ歳で、父であるカンガル国の王と共に今日執り行われたサマール国の王妃の葬儀に参列したのだ。

コレットは、このミゲルが大の苦手だった。去年カンガル国で行われた行事に父と参加したときに、ミゲルから髪の一部を短剣で切られたのだ。

ミゲルは子供ながらに傲慢短気で、コレットがミゲルに手を無理矢理摑まれたのを振り払ったのが事の発端になった。怒ったミゲルは隠し持っていた短剣でコレットの髪の一部を切る暴挙に出て、大騒ぎになったのだ。

結局は『子供のしたこと』として片付けられたが、コレットの父はコレットを連れて早々にカンガル国をあとにした。それからほどなくしてカンガル国からは詫びの品々が次々とコレットへ送られてきたが、髪を摑まれザクリと切られたショックは癒えないでいた。

だから母の葬儀の間も、ミゲルからの強烈な視線を感じながらもコレットは決してそちらを向こうとはしなかった。

「おい。こんな夜中に、なにやってるんだ」

ミゲルの赤い瞳が、コレットを雁字搦めに捕える。豊かな金髪に印象的な赤い瞳のミゲルは、容姿こそ天使のように美しい少年だが中身は悪童である。関わりたくはなかったのに、どうやらコレットをどこかで見つけて追ってきたようだ。

「……なにも。ただ外の風にあたりに来ただけよ」

ふたりは幼い頃から何度か顔を合わせているので、周りに大人がいないときには子供らしい口調でやり取りをしている。自分に怯《ひる》まず砕けた口調で返すコレットに、ミゲルは満足そうに口角を上げた。

「ぼくはてっきり隠れて泣きに来たのかと思って、泣き顔でも見てやろうとわざわざ追ってきたのに」

そんな理由でやってきたミゲルをコレットは心底嫌になり、腰かけていた噴水の縁から立ち上がった。もう、感傷にふける気持ちではなくなってしまったのだ。

「残念でした。あなたに泣き顔なんて見せないわ」

「はっ、そんな目をしてなに言ってるんだよ」

そうミゲルに言われ、コレットはハッとして自分の目元に手をやった。濡れているし、熱さも引いていない。泣いていたことは、この暗がりでもミゲルにお見通しだったんだろうか。

しかし、そうではなかったようだ。

「ははっ、自分で触ってバラしてら。やっぱり泣いてたんだろう」

泣いた跡は見えなかったのに、カマをかけられ引っかかってしまった。

「……！　もうやめて、部屋に戻る……！」

これ以上はここにいたくないと、コレットがミゲルから距離を取り走り出そうとしたところ、腕を掴まれてしまった。

そうして間近に顔を寄せられ、お互いの吐いた白い息が混じり合う。にんまりとミゲルがニヤついているのがわかり、コレットはゾッとした。

それからミゲルは着込んだ自分の厚い防寒着のポケットを、空いた片手でごそごそと漁るので、コレットはまた短剣でも出されるんじゃないかと身がすくんでしまった。

どうしよう。

また髪を切られたらどうしよう。

誰か助けを呼びたいのに、体は硬直してしまい声も出ない。辛うじて一、二歩なんとかあとずさるけれど、ミゲルの腕の力は決してゆるんだりはしない。

じわじわと恐怖で涙が出そうなのを、必死に耐える。こんな目の前で、本当にミゲルに泣き顔を見せたくはなかった。

そのとき、さくさくと、ひとつの足音が近づいてくるのが聞こえた。最初はゆっくり、それから急に速度を上げてそれは噴水に近づいてきた。

「……なにしているんだ、カンガルの王太子」

足音とは逆に、落ち着いたその声を聞いたコレットは、我慢していた涙が思わずこぼれてしまった。

声の主は、ユーリ・サングーマだったからだ。ユーリ・サングーマもまた、王妃の葬儀のためにサマール国にやってきていた、東に接するゼイネス帝国の第一皇子である。

歳はコレットやミゲルよりも七歳上で、銀髪に晴天の青空のような蒼い瞳を持つ少年だ。親切で丁寧に対応してくれるので、ひとりっ子のコレットは数度会ったことのあるユーリを兄のように密かに頼もしく思っていた。

そして十四歳ともなればミゲルよりもずっと背も高く体格が良く、ユーリの突然の登場にミゲルは怯んだ。

「なにをしているんだ」

「なにもしてない！　こいつがウロウロと歩いているのを見かけたから、ついてきただけだっ」

こいつ、と言ってミゲルはコレットの腕を再度強く握った。

「痛いっ」

そうコレットが声を上げても、ミゲルは摑んだ腕を離さない。ユーリはコレットに「大丈夫ですからね」と優しい声をかけたあと、ミゲルの腕を摑み上げコレットから引き剝《は》がした。

ユーリはコレットを自分の後ろへすぐやり、ミゲルとの間に立ちはだかった。

「ケガはありませんか？」

「だ、だいじょうぶです……っ」

そうしてユーリは、怒りに震えるミゲルを見下ろす。

「コレット様が痛がっている。どうしてそんなことをするんだ」

ユーリの静かな問いに、ミゲルは叫んだ。

「お前、コレットがいれば自分が三国を統一できると思ってるんだろう！　だからぼくの邪魔をして……っ！」

――コレットがいれば、三国を統一できる。

コレットはユーリの背に隠れながら、その言葉の意味を思い出していた。

この一帯で暮らす人間ならば、誰でも幼い頃から聞かされる古い言い伝えだ。

コレットが暮らすサマール国、ミゲルのカンガル国、ユーリのゼイネス帝国はかつて、ひとつの大国で、治めていたのは狼とされている。その国は分裂し、いつしか三つに別れてしまった。

今のサマール国は狩人、カンガル国は鷹、ゼイネス帝国は狼が守護していると伝えられている。そして、やがて三国が統一されることも予言されているのだ。

――『狩人の力を得た狼のもとで、分かれた三国はいずれ再びひとつに統一される』

そう言い伝えられているのだが、それぞれ独立した国となった今では、再び三国がひとつになるなんて夢物語……と人々は思っていた。

しかし、守護者の末裔《まつえい》と言われている王族たちは違った。少なくともユーリやミゲルはコレットの存在を放ってはおけなかった。

掘り出したばかりの原石の裂け目から、溢れんばかりに光が漏れるのを見て、世にも希少な宝石の存在を確信するように……。

コレットのシルバーアッシュの輝く髪、アイスグレーの吸い込まれそうな瞳。白い肌に薔薇なような唇、誰もが目を奪われるビスクドールのような容姿……。

彼女の視線、声には、自分たちを奮い立たせるなんらかの力があるようにユーリやミゲルは感じていた。

「……お前は、そのつもりで……。統一のためにコレット様に近づいているのか?」

ユーリが、静かにミゲルに問う。

「ちがうっ！」

「なら、俺も違う。困っているコレット様を助けたいだけだ」

今コレットを困らせているのはお前だと言わんばかりに、ユーリの視線はミゲルを鋭く貫く。

「ちくしょう！　コレットの前だからっていい人ぶるな！　うさんくさいんだよっ！」

ミゲルはユーリに暴言を吐きつつ、ポケットからなにかをコレットの足元に投げつけて、走り去ってしまった。ユーリはしゃがんで投げられた物を拾うと、振り返ってコレットに見せた。

「……乱暴ではありましたが、王太子はこれをコレット様に渡そうとしたんでしょうか」

ユーリのずいぶん大きな手のひらに乗せられたそれは、小さな木彫りの馬だった。

それを見て、コレットは去年のことを思い出した。

「私が前に、ミゲルに愛馬の話をしたんです……。なので、もしかしたら……」

そっとユーリの手のひらから、それを受け取る。コレットの愛馬を模したのだろうか、ずいぶんとコロンとした可愛らしい造形をしていた。

ミゲルはこれを自分に渡そうとしてくれたのかとコレットは想像してみたが、怖さの方が勝ってしまい、ミゲルに微笑みお礼を伝える自分の姿が思い描けなかった。

それよりユーリにお礼を伝えなければと、コレットは彼を見上げた。

「あ、あの、助けていただいて、ありがとうございます」

言葉を発するたびに、白い息が生まれては消える。

「いいえ。小さく騒ぐ声が微かに聞こえたものですから、様子を見に来ました。もし良かったら、なにがあったのか話を聞いてもいいでしょうか？　子供同士のケンカ、というには雰囲気が少し……」

コレットは困った。部屋を抜け出しミゲルと騒ぎを起こしたことを、悲嘆に暮れる父には知られたくなかった。

口ごもるコレットにユーリは跪《ひざまず》いて、「王にはお伝えしません」と優しく言う。

今度は見下ろすかたちになってしまい、コレットは大いに慌てた。

「皇子様、どうぞお立ち上がりください」

助けてくれた恩もあり、またミゲルは短剣を出したわけではない。コレットは観念して、自分が部屋を抜け出した理由とミゲルとのやり取りをユーリに説明した。自分がミゲルを怖がった理由も打ち明けた。

黙って聞いていたユーリは、「無事で良かったです」とほうっと息を吐いた。心配させてしまったと、コレットは再び縮こまる。

「……母であるお妃様をひとり想う時間を、カンガルの王太子に邪魔されてしまったのですね」

「大人しく自分の部屋にいれば、皇子様にご迷惑をかけずにすんだのに。申し訳ありません……ごめんなさい」

ひとりこんな夜中に中庭を目指して部屋を出てきてしまったことを、コレットは激しく後悔した。涙が流れて思わず下を向いてしまうと、ユーリは「顔を上げて、夜空を見上げてみてください」と促す。

コレットが言われた通りに顔を上げる。すると星々が煌めく夜空を切り裂くように、一筋の大きな流れ星が流れた。

「……あっ」

一緒に空を見上げているユーリが、柔らかな声でコレットに語る。

「コレット様のお母様を想う気持ちと、夜空が共鳴しているようですね。流れ星は夜空の涙です、コレット様もどうぞ我慢なさらずに」

今夜は流星群が現れる夜なのですよ、とユーリはコレットに教えてくれた。

ふたつ、みっつと次々に星が流れ、煌めきながらすうっと一瞬で消えていく。それを夢中で眺めているうちに、だんだんと夜空が海のように揺らめきはじめ、コレットは涙が止まらなくなった。

静かに涙を流すコレットにユーリが寄り添う。

「……皇子様の、将来お妃様になられる方が羨ましいです。私も、自分の夫となる方が泣いていたら……元気になるまでそばにいて差しあげたい」

「俺も、コレット様の夫となる方が羨ましいかもしれません。俺が泣きそうなとき、側にいるのはいつも幼馴染みの公爵子息です。よくからかってくるので、たまにケンカになりそうです」

「ふふ、なんだか楽しそうですね」

コレットは、自分の胸に芽生えはじめそうな淡い恋心が、ここからどうにもならないことを幼いながらに理解していた。

コレット自身も、ユーリも、将来国を治める定めにある者だ。同志にはなれても、恋人や夫婦にはなれない。

だからコレットは、羨ましいと素直に口にできた。

しばらくするとしゃっくりを上げはじめたコレットをユーリが抱き上げ、中庭から城内に戻り陰で密かに待機させていた衛兵にコレットの乳母を呼んでくるよう伝えた。

慌てて飛んできた乳母に事情を話し、ユーリはコレットを引き渡した。

乳母に連れられていく際、コレットは一度振り返る。薄青い月の光の中、ユーリがいつまでも小さく手を振る姿を、瞼に強く焼きつけた。

――それから、十三年の月日が経った。

二十歳になったコレットは誰が見ても優しく聡明で美しい女性に育っていた。いずれはサマール国を治める女王になるとして、周囲の期待は高まるばかりだ。

父譲りか加護のおかげか狩りが大得意で、ゼイネス帝国との国境で人を襲う熊の討伐も、率先して行えるほどの腕前だ。

将来サマール国を治める次期女王として父王から統治を学びながら、仕事を部分的に任されるようにもなっていた。

東のゼイネス帝国と西のカンガル国に挟まれたサマール国は、領地のあちこちに広大な森を所有していた。この森はサマール国の守護者である狩人のものとされ、神代から大切にされてきた。

切り拓くことは何人たりとも決して許されず、そのせいで畑の面積を取れず穀物などは自国民が食べていける分を収穫するだけで精一杯だ。

しかしその広大な森は生き物を健やかに育み、この辺りでは必要不可欠な防寒着の元となる毛皮を持つ動物が数多く生息していた。

手触りの良いうさぎの毛皮、貴族に人気のあるキツネの毛皮はもちろん、角のある大きな鹿の皮からは、防寒と保温に特段優れたコートや靴が作れるので大変人気がある。

サマール国の民は短い夏には小麦を育てて森でキノコやベリーを摘み、厳しい冬には狩りをして毛皮や肉を得る。なめした毛皮や干し肉はゼイネス帝国やカンガル国でとても需要があり、サマール国の特産といってもいいほどだ。

毎年狩る動物の数の調整を厳しく行うことで、毛皮の価値と動物の数の低下を防いでいる。

しかし、天候だけは誰にも調整ができないものだ。

一昨年の夏の長雨、去年の日照り……そのせいで、丈夫な麦も二年連続で不作が続き、森にも動物の食べ物となる木の実などが天候の影響を大きく受けて激減。痩せた動物の物言わぬ亡き骸が森のあちこちに横たわるのが散見され、病気の蔓延を防ぐためにすみやかに回収が行われた。

そうして国が管理する備蓄の穀物も国民たちに配給され、底を尽きた今年。夏である今続く日照りで、作物の成育は阻まれていた。

それに加えて、西側のカンガル国は更に西の国と小さな争い事を起こして国内の緊張が高まり、サマール国に逃げてくるカンガル国民が増えていく。そうして、経済的により安定しているゼイネス帝国を目指して、更に国境に向けて去っていく。

その途中で行き倒れたり、一部で窃盗や強奪などが発生して大問題となっている。

サマール国城内の執務室では、国王と外務大臣、それにコレットが深刻な顔を付き合わせていた。

華美な調度品や絵画などの置かれていない、非常に簡素な執務室。三人は大きなテーブルで向き合い、今年の冬、領民を死なさず乗り切る方法や、不安要素となりつつあるカンガル国からの人々の流入のことなどを何時間も話し合っていた。

「このまま冬に突入したら、種まき用の麦にも手を付けてしまう事態になります。麦の価格は近隣国でも何倍にもなっているようですから、これから種用の麦を買い付けることも難しくなるでしょう」

改めてコレットが問題点を上げると、国王と大臣は整えた顎髭に手をやりながら黙って考え込む。

不作が続いているのはサマール国だけではない。近隣国も同じだった。しかしサマール国と違うところは、耕作地が遥かに広く、更に向こうの国とも貿易があることだった。

東のゼイネス帝国は類まれなる統率力で大きな軍を率い、近隣諸国の安全環境を保っていて、東の果ての凍てつく海に、造船所をいくつも所有していた。

西のカンガル国は鉱山を所有し、石炭の採掘が主な産業だ。石炭は貴重な燃料源なので国は潤っているらしいが、同時に政治の腐敗などの不穏な噂があとを絶たない。その上、隣国との争いで国内の緊張感は高まっていると聞く。

両国に挟まれたサマール国は、広大な森で狩りをして毛皮に加工し、それを他国に売る他はほとんど自給自足している国だ。だから天候による不作にはどの国よりも備えていたけれど、さすがに三年連続となると話は違ってきてしまう。

更に三人の表情を暗くするのは、窮地のサマール国に差し伸べられた手——冬を越すための穀物や燃料援助の申し出の内容だった。

ありがたい申し出だったが、相手は西側のカンガル国。しかも条件は『王太子ミゲルの元へのコレットの輿入れ』だ。

万が一にもコレットがカンガル国へ嫁ぐとなると、直系で受け継いできた王位が絶たれる可能性が出てくる。コレットが産んだ子供を次期国王に立てる策もあるが、いざとなったときにカンガル国王族が子供のひとりをサマール国へ養子として出してくれる保証はない。

それに、これを機にサマール国をカンガル国に編入させ、ゼイネス帝国に揺さぶりをかける可能性もある。

サマール国が間に入っていることで直接的ないさかいが起きないだけで、長年、両国間の関係は決して良いものではなかった。

「……わたしは、コレットをカンガルへ嫁に出す気はない。ましてやあの王太子に輿入れなんて……。この期を狙っていたとしか思えん」

国王が重い口を開く。幼いコレットがミゲルに髪を切られたことが、今も心に引っかかっているのだ。

それにミゲルは十二歳になった夏に、サマール国の森からひとり突然現れて大騒ぎを起こしていた。本人は『コレットに会いたかった。城への地下通路への出入り口を探していた』と簡単に言ってのけたので、サマール国としては王城への侵入未遂事件として大きな問題になった。

サマール国の王城、その地下にはいくつか城外に繋がる古い通路が存在し、有事には逃げのびるための大切な避難経路となっている。

その重要な通路の出入り口のひとつを、他国の人間、しかも王太子が探していたなんて大変由々しきことだ。国王は激怒してミゲルを問い詰めたが、『コレットを驚かせたかっただけ』というだけで反省の色を見せなかった。

そのため、念の為に地下通路のほとんどを一旦塞ぐ羽目になったのだ。

カンガル国もミゲルの失踪、そしてサマール国での行動には流石に頭を抱えたようで、身柄の引き渡し時には丁重な謝罪と補償をし、今後ミゲルからのコレットへの接触を禁止するという誓約書を交わした。

国同士の極めて重大な問題は、慎重に粛々と数年かけて和解へと進んだ。

その後、ミゲルが勝手にひとりでサマール国にやってくることはなかったが、今回の交換条件である。誓約書とはなんだったのか。

傍若無人なミゲルが執着しているコレットをあてがえば、落ち着くのではないかというカンガル国王の考えがどうしても透けて見えてしまうのだ。

「けれどお父様、冬になる前にはっきり決断しなければなりません。国民を飢えで死なせるわけにはいきませんもの。それに、ゼイネス帝国も自国民を守ることで精一杯でしょう……援助を求めるなんてできませんわ」

ゼイネス帝国とも変わらず友好関係を築いているが、それとこれとは別だ。

本音を言えば、コレットは輿入れをはっきり嫌だと思っている。背に腹は代えられないことは受け入れているが、その相手がミゲルだというのが嫌なのだ。

天使のような容姿だったミゲルは背もぐんと伸び体は逞しく、そのまま美青年へ成長していた。どうしても会わなければならない機会が一度だけあったが、そのときミゲルはコレットへ昔の非礼を詫び、落ち着いたように見えたが違っていた。

端正な顔を紅潮させ、蝶よ花よとコレットを讃え、よりいっそう執着するようになっていたのだ。

コレットがその言葉を嬉しいと思えなかったのは、ミゲルの根っこの暴君だった部分が、更に酷くなっているのを知っていたからだ。一昨年、カンガル国の腐った政治を正すために切り込もうとした貴族を、ミゲルは斬り殺してしまったのだ。

その話はたちまちにカンガル国を駆け巡り、嘘か本当かわからないままサマール国まで届いた。それが事実だとわかったのは、殺害された貴族の遠い縁者がコレットの侍女のひとりだったからだ。

その恐ろしい話を聞いたとき、ミゲルは変わっていないのだと確信した。不器用だったり言葉が足りない子供だったわけではなく、暴君は暴君のまま、根っこは変わらず大人になったのだと。

そんなミゲルの元へ輿入れなんてしたくない。だが、三年目の天候不順で、神に祈り必死に対応に動く中、いよいよ外部を頼る決断に迫られていた。

短い夏の間に決め、雪が積もる前に援助される食料などを運んでこなくてはならない。

サマール国の軍人と馬が総出でカンガル国へ行き、備蓄を積んで戻ってくるのを繰り返して……。

困った表情はしても、悲嘆に暮れた顔だけはしないようにコレットは必死に努めた。多分、なにかしらの天啓のような打開策が見つからない限り、ミゲルに嫁ぐしか自国民を飢える未来から助ける道はない。

「……姫様には、覚悟を決めていただくことになるかもしれません。なんとか冬を乗り越えたところで、また来年も不作が続きましたら……いよいよ国自体がもたなくなるでしょう」

大臣が、重い口を開く。

言ってしまえば、国民は国の資産だ。その資産が根こそぎ減れば、国力を落とすことになる。国力が落ちたところに、これを機にとカンガル国にでも侵略をされたらひとたまりもない。コレットがカンガル国に輿入れすれば、その抑止力にもなる。

大臣はそう、静かに語る。それはここにいる三人の共通認識でもあった。

「……サマール国を守るためにも、私も覚悟をしなければいけないということね」

サマール国の夏の風が小さな窓から吹き抜けていく。いつもは青い麦や新緑の香りを孕《はら》んでいるのに、この風は乾いた土埃の匂いしかない。

それが責任感と不安に押し潰されそうなコレットの心の中を、激しくかき乱した。

カンガル国からの使者がやってきたのが一週間前。そろそろ、返答しなければならない。

「ちゃんと決めるから心配しないで」

押し黙る父を励ますように言うと、国王は片手で自分の顔を覆う。

コレットはそっと立ち上がり、父に寄り添った。いつか自分に寄り添ってくれた、ユーリの姿を思い出しながら。


翌朝。コレットは愛馬と共に森へ来ていた。

子供の頃に愛馬として可愛がっていた馬が産んだ子供だ。芦毛の甘えたがりで、コレットを乗せると調子を出しどこまでも駆けていく。

その愛馬に跨り、森に来ている。

適度に人の手を入れ、繁りすぎた雑草を片付ける下刈りと枝を払う間伐を施した森には、朝の光が筋になって木々の間のあちこちから射し込んでいた。

この森はベリーを摘むために人が立ち入るが、奥には動物の生息に合わせて手付かずのまま人の立ち入りを禁じている区域もある。狩りの対象になる動物たちの繁殖のための、安全地帯だ。

今朝、コレットは自分の心を静かに決めるために、愛馬に跨《また》がり城から一番近い森をひたすら散策している。カンガル国への輿入れを決めたら、こうした森の散策もきっとできなくなる。もう、簡単にはサマール国に戻れなくなるだろう。

そう考えたら、いても立ってもいられなくなってしまったのだ。

森の中には、清浄で新鮮な空気が満ちていた。耳を澄ませば、愛馬の息遣いと蹄《ひづめ》が草を踏む音。囀《さえず》り合う小鳥たちの声が響く。

コレットは国中の森を、誰よりも知っている自負がある。いずれは自分が治めるサマール国の大切な資源で、大好きな場所だからだ。

そして母がまだ嫁いだばかりの頃、父が母を連れてよく散歩したと聞いている。ベリーを摘み母に渡すと、母は戸惑いながらもそれを受け取り口にしたという。

そして、『お砂糖と一緒に煮ていないベリーを食べたのははじめて』と言ったそうだ。

そのときの出来事が父には印象的だったのか、今になってもコレットに語る。

そのベリーが群生するはずの場所も、飢えた動物に食べられたのか赤い実は見つからなかった。

「……いつまでも悩んでいたら、あっという間に夏が終わる。すぐにやってくる冬より先に、カンガル国へ……ミゲルに嫁ぐ覚悟をしなくちゃ」

鞍上でコレットはそうこぼし、涙も言葉と一緒に落ちる。

こんなとき、頭によぎってしまうのはやはりユーリの姿だ。最後にその姿を見たのは、三年前だ。二十四歳だったユーリはすっかり精悍な顔つきの青年になっていた。

ユーリの父と母、国王と王妃が外遊中に事故に合い、同時に亡くなってしまった。その葬儀に参列するために父王とゼイネス帝国へ向かい、そこでユーリとは久しぶりの再会となった。

輝く銀髪も蒼い瞳もそのままで、鍛えているのかとても逞しく本当に美しい青年になっていた。コレットに対しても変わらず丁寧に接してくれて、コレットはドキドキと鳴る心臓の音がユーリに聞こえてしまうのではないかと余計に緊張してしまった。

ただ、どこか昔より話す言葉が減ったように感じた。

荘厳な雰囲気の中で執り行われた葬儀で、ユーリは皆の視線を集めながらも凛とした姿勢で佇んでいた。

その後ユーリは、ゼイネス帝国の皇帝の座に着いた。統率力はずば抜けていて、国民からは守護者をもじり『白銀の狼陛下』と呼ばれているという。

コレットはその呼び名が、ユーリにとても合っていると思った。あの銀髪や蒼い瞳は、サマール国にもいる大型の狼にとても似ているからだ。

狼は群れで生活をするが、病気になったり年をとった個体を決して見捨てたりはしない。愛情がとても深く、仲間を大切にする生き方には人も見習う部分がある。

サマール国でも、ゼイネス帝国の守護者である狼に敬意を表し、狼だけは狩猟するのがご法度になっている。

狼たちは深い森を縄張りにしているので滅多に見かけたりしないが、偶然見つけた神々しい姿は今も印象的に目に焼きついている。

息を止め、遠くにいる狼を見入るとき。狼もまた、コレットをじっと見ていた。

あの狼たちも、獲物になる動物が減り、数を減らしているかもしれない。打開策があれば、真っ先に家族や仲間のために飛びつくだろう。

「……皇子様……、いえ、陛下だって、きっとそう行動するはずだわ」

嫌だとか怖いとか、もうそんなことは言っていられないのだ。

カンガル国に輿入れを決めるなら、約束事をはっきりと文書に残し、契約を交わさなければならない。穀物の援助、サマール国の次期国王についての話もしっかりと約束事を取り交わさないと、油断したら国ごと取られてしまいそうだ。

「しっかりしなきゃね……。私、頑張るから」

鞍上から愛馬の首に抱きつき、涙を拭った。

そうして城に戻り自ら馬を厩舎《きゅうしゃ》に戻しに行くと、見知らぬ真っ黒な毛並みの馬たちが十頭ほど、厩舎の外で飼葉と水をたっぷり与えられていた。

「これは一体、どこの馬かしら」

愛馬から下りて近づくと、厩舎で馬の世話をしている者がコレットに気づき慌てた。

「王女様！　皆、王女様のお帰りをお待ちになっていたのですよ！」

「どうしたの、それにこの馬たちは？」

飼葉を食べていた黒馬たちは、一斉に首を上げてふたりのやり取りに注目している。

「ゼイネス帝国から、急ぎの使者がやってきたんです！　それも騎士たちも引き連れて、それで今大騒ぎなんです！」

ゼイネス帝国からの急ぎの使者、という言葉に、コレットは最悪の想像をしてしまった。

――まさか、陛下になにかあったの……？

「この子をお願い、すぐに行って確かめてみるわ」

コレットは愛馬の手綱を託し、急ぎ足で城内へ向かった。

着替える時間も惜しみ、謁見の間を目指す。石造りの城がいつもよりずっと広く感じるのは焦りのせいだろうか。

それでも速足で進むと、謁見の間の扉の前には、いつもより多い衛兵とゼイネス帝国の狼紋章の入った正服を着た騎士たちが並んで警備についていた。

コレットの姿を見ると、衛兵と騎士たちの表情が更に緊張の面持ちに変わる。悪い予感が当たったような気がして、息が詰まる。

衛兵に中に入れてもらえるよう、声をかけようとすると背後から名前が呼ばれた。

「コレット様、王女殿下！」

振り返ると、外務大臣が息を切らせて走ってきた。片腹を押さえる姿に、思わず駆け寄る。

「ああ、良かった！　すぐに戻ってきてくださり助かりました……！」

「近くの森の様子を見に行っていたの。ところで、これはどういうこと？」

「それは中で。王もコレット様をお待ちになっています。さぁ、入りましょう」

大臣に促され、コレットは息を呑みながら謁見の間へ入室した。

重厚な扉の先――謁見の間では、玉座に父王が、側には衛兵や他の大臣たちもいた。ゼイネス帝国からやってきたという使者は玉座の下で跪き、こうべを垂れて父王からの言葉を待っている様子だ。

緊張感が漂う中、手のひらに汗をかきながら、父王の側へ今度はゆっくりと向かう。大臣が下がり、そこへコレットが立った。

使者の姿を見て、それがゼイネス帝国の若き公爵であることに気づいた。葬儀でゼイネス帝国へ向かったときに、ユーリからの紹介で挨拶をされたから覚えている。

ユーリの腹心めいた存在。気心知れた信頼のおける関係なのかとふたりの雰囲気から思っていたが、使者として寄越すほどだったとは。

「お父様、ただいま戻りました。これは……？」

王は自分の顎髭に触れながら、静かに口を開く。

「実は、ゼイネス帝国からも援助の申し出が来てな……」

ありがたい申し出のはずなのに、父王は戸惑いを隠し切れていなかった。せわしなく顎髭を触る仕草が、その証拠だ。

とりあえず、ユーリの身になにかあったわけではなさそうだ。

しばし、謁見の間に沈黙の時間が流れる。

そうして父王はゼイネス帝国からやってきた公爵に、今一度コレットにサマール国へやってきた理由を説明するように命じた。公爵は頭を上げた。

「ご挨拶申し上げます、コレット王女殿下。改めまして、わたくしはゼイネス帝国から皇帝陛下の命でやって参りました、ローン公爵家の長男カイゼル・ローンと申します。お会いするのは三年ぶりでしょうか」

コレットをまっすぐに見つめる目。体格が良く、柔らかそうな茶色の髪が揺れる。垂れ気味の瞳に太い眉が、どこか安心感を与える。以前会話を交わしたときにも、良い印象だったのを覚えていた。

顔を上げたカイゼルからは緊張感はあるが、ユーリになにかあったというような緊迫感はない。

「お久しぶりです、ローン様。息災そうでなによりです。ところで先ほど、ゼイネス帝国から援助の申し出があったと聞きましたが……」

「その通りでございます。皇帝陛下はここ二年の天候不順による作物の生育不良をとても心配されていました。帝国と同様に、サマール国のことも。先日、カンガル国からサマール国へ援助の申し出があったと知り、陛下は是非帝国からもと……ただし」

条件があるのは、当たり前のことだとコレットは思っていた。

「条件があるのですね。どうぞ私にもお伝えください」

先に聞いた父王が戸惑う理由。どんな交換条件を帝国が、ユーリが出してきたのかと肩に力が入ってしまう。

ありとあらゆる、思いつく限りの交換条件が頭を巡る。せめてカンガル国よりは……と願っていた。

カイゼルは、よく通る声でコレットにはっきり聞こえるよう条件を述べた。

「陛下の条件はただひとつでございます。コレット王女殿下に、陛下の子供を産んで欲しいとのことでございます」

間違いなく、明確に、カイゼルは『陛下の子供を産んで欲しい』と言った。

（こ、子供って、どういうこと——？）

固まってしまったコレットに、カイゼルは更に言葉を重ねた。

「陛下は、コレット王女殿下がサマール国の次期女王だと重々承知しております。ですので婚姻は結ばず、コレット王女殿下の血を……守護者狩人の加護と、皇帝陛下の狼の加護を強く継ぐ子供が欲しいとおっしゃられています」

——いつか狼は狩人の力を借り、三国を統一する。

あの言い伝えを、コレットは思い出した。ユーリは自分の代で、絵物語ではないことを証明しようとしているのだろうか。あれはあくまでも、言い伝えなのに——。

じわりと再び、握った拳の中に汗が滲む。

「……婚姻を結ばない、つまり私はゼイネス帝国に輿入れする必要はない……ということでしょうか」

「そうです。一時は帝国に来ていただく必要がありますが、無事に御子を出産され回復されたあとは、サマール国へお戻りになられても問題ないということです。陛下はいつでも御子に会いに来てもらって構わないと。援助に対する条件は、このひとつのみでございます」

ユーリの子供さえ産めば、コレットはサマール国に戻れるというのだ。

コレットは考えた。出産は命懸けだ。それに自分が産んだ子供を、簡単に差し出せるわけがない。押し黙るコレットに、カイゼルは更に続けた。

「……陛下も、子供を産むことが簡単なことではないとわかっておられます。ですのでサマール国へはこれからまず三年間の穀物の援助に、冬からのサマール国とカンガル国との国境沿いの警備の増強。それとサマール国からの毛皮を二倍の値段で三年間は買い付けると」

交換条件は子供という点を除けば、ゼイネス帝国からの申し出は、サマール国にとってとんでもなくありがたいものだ。

これから三年先まで穀物の援助を受けられるなら、その間にサマール国は貯蔵が回復するまで立て直せる可能性が高い。

それに国境沿いの警備の強化はカンガル国への牽制にもなる。毛皮の売値まで一時的にでも上がれば、国民の士気もこれ以上は下がらずに済むだろう。

狩る動物の数も、例年の冬の半分以下にもできる。

カンガル国からの申し出には、具体的な内容があまりなかった。

輿入れすれば、いずれ子供を産む事実は変わらない。

ただ、コレットには疑問が湧いた。

「……ローン様。もしもの話ですが、この申し出を受けたとしても、私が陛下の御子をいつまでも身ごもれない場合はどうなるのでしょう？」

子供は授かりものだ。必ず誕生するわけではない。そうなったとき、サマール国は帝国から受けた援助をどう返せばいいのか知っておく必要がある。

カイゼルはこのやり取りも予想していたのか、ユーリからの言葉をコレットに伝えた。

「陛下からそのことについても、仰せつかっております。もし御子が望めなかった場合は、援助を貸付けというかたちに変更いたします。同じ穀物で時間をかけて返すか、穀物を金額に換算してお金で返すか……そのときに改めて二国間で話し合おうとのことです」

それを聞いて、コレットは妙に安心した。帝国はサマール国を対等に扱ってくれていると感じたのだ。

相手が帝国でもカンガルでも、援助といって無償で施しを受け弱みを握られるより、貸し借りとした方がサマール国としては良かった。

どちらにせよ、自分が決めなければならない。

「ここですぐには決められませんので、返事は一晩待っていただけますでしょうか。お部屋を用意しますので、ローン様や騎士の皆様はどうぞお体を休めてください」

コレットはカイゼルにそう伝えた。


それからすぐに、執務室で王やコレット、大臣を交えての話し合いが行われた。

誰が聞いても、援助の内容なら帝国から示された方が現実的で、将来的にも安心感があるのは火を見るより明らかだ。ただ、父王はなかなか納得がいかない。王女とはいえ、可愛い娘が運命に翻弄される様を見ていられないのだ。

「サマールのために、コレットが犠牲になるのはあまりにも……」

頭を抱える父王の姿を見て、コレットは自分の役目がわかってきたように感じていた。

「いいえ、お父様。犠牲ではありません。むしろ、国民が飢える心配が遠ざかり、サマール国を取られるかもしれないという不安がなくなることを喜ぶべきです」

「カンガルは輿入れ、帝国は子供が欲しいだなんて……」

「……そのくらい、我が国の状況が他国から見ても良くないということです。どちらの条件を呑むべきか、お父様ならもうわかってらっしゃるでしょう？」

そう。ここに集まる三人は、もうわかっているのだ。

「……大臣。カンガル国へ、援助の必要はなくなったと書簡を作りましょう。角があまり立たないよう、申し出に対して最大の感謝の気持ちを込めて。隠しておくとあとが怖いから、帝国からも援助の申し出があったことは明かしましょう。ただし……条件の、子供のことだけは必ず伏せてね」

いずれ生まれるかもしれない子供の出生を語るのを許されるのは、ユーリや事情を知る帝国側の一部の人間だけだろう。

今、カンガル国へ伝えることではない。

「わかりました。外務大臣である自分が直接カンガルへ書簡を届けます。ごねられるでしょうが、納得させてみせます」

大臣の心強い言葉を、コレットは頼もしく思った。

父王はふたりのやり取りを聞き、大きく息を吐いた。

「……近いうちにゼイネス帝国へ向かう調整を頼む。わたしからも、皇帝に直接感謝の気持ちを伝えよう」

コレットは、想像もしていなかった方向へ動き出した自分の運命に、身を委ねる決意を固めた。

二章

それからすぐに、援助を受け入れることと、サマール国王からゼイネス帝国皇帝へ直接お礼を伝えたい旨をしたためた書簡を、使者カイゼルに託した。

カンガル国ではミゲルの不機嫌に大変苦労するだろうと覚悟していたが、不気味なほど予想外に落ち着いていた、と帰ってきた大臣が語った。

『それは残念』と静かに言い残し、国王が止めるのも聞かず、謁見の間から先にひとり出ていったらしい。

コレットはそれを聞いてなぜかゾッとしたが、まずは目の前のこと——父王が帝国へ向かい、援助の契約を締結させることに意識を向けようと考えた。

本当は自分もついていきたかったが、ミゲルのおかしな様子に父王と自分ふたりともがサマール国を空けるのは危険だと判断した。

十日後。帝国へ向かった父王が戻ってきた。四頭立ての父王の乗った馬車の後ろには、穀物袋を山ほど詰んだ荷馬車が、遥か彼方まで続いているのが見えた。

短い夏が終わる気配を見せはじめた。

相変わらず日照りは続くが、とりあえず冬の食料難という困難が遠ざかったことで心持ちは多少軽くなった。

だが、もうすぐ——。コレットは数人の侍女を連れゼイネス帝国へ向かう。とりあえず期間は一年、身ごもれば、そこから出産と体が回復するまでだ。

コレットの希望があれば、更に滞在期間を延ばしても問題ないとユーリから父王に申し出があったと聞いた。

（私……自分で産んだ赤ちゃんと、お別れできるのかしら。きっと、きっと言葉では言い表せないほど辛くなってしまうわ……）

子供が産まれたら、自分はすぐ離れた方がいい。子供が母の温もりや匂いを覚えてしまう前に……それが子供のためにできることだとコレットは考えていた。

（そして子供の顔を、そして重みを、この腕が覚えてしまったら、この私が置いていくのが死ぬほど辛いから）

ひとり、子供を帝国に置いてきてしまう罪悪感で押し潰されそうになっても、それが自分の役目だったのだと、一生胸に深く刻み続けていくしかないのだ。

そうして幼い自分を残して逝った母の当時の心情を想い、涙を流した。


ついに出立の日を迎えた。

前日から、カイゼルと共に騎士団がサマール国まで迎えに来ていた。早朝から何台もの荷馬車に、コレットや侍女の一年分の生活用品や着替えを積んでいる。

サマール国のコレットが帝国へ向かう表向きの理由は、ゼイネス帝国でより貿易について学ぶため、である。つまり留学だ。

このたび帝国から援助を受け、サマール国も将来的にもっと他国との貿易を盛んに行い、今回のような危機的状況を次は自国で乗り越える力をつけるため。そのための留学という筋書きだ。

子供を産むために帝国に行くのを知っている者は、一部の本当に信頼のある者だけ。それは帝国でも同じで、コレットが身ごもったとわかったら城から離れた別邸へ居を移し、極秘に出産と療養を行う算段になっている。

その後生まれた子供はユーリと血の繋がった縁者として養子として迎え、男女問わず将来帝国を統べる者としての人生を歩ませるという。

狼と狩人の加護を、同時に受ける子になる。コレットはその人生に幸多いことを、今から強く願わずにはいられなかった。

コレットが部屋で静かに出立のその時を待っていると、扉をノックされた。あいにく侍女が出払っているので自分で返事をすると、やってきたのは父王だった。

急いで父王を部屋に迎え入れると、父は荷物を運び出して殺風景になった部屋を見渡し、

「すまない」と言葉をこぼす。

父王の瞳には、薄く涙の膜が張っていた。

そんな父を見てコレットもまた、鼻の奥がツンと痛くなってしまった。

「お父様。私、ちゃんとお役目を果たして帰ってきます」

そう言って、コレットは子供のように父に抱きついた。無理をして笑えば、更に心配させてしまう。だから抱きついて、顔が見えないようにしてしまった。

父王はコレットを抱きしめた。ぎゅうぎゅうと、コレットが抱える、産まれてくる子供への罪悪感を、自分が全て受け止めるかのように強く。

そうして父王に見送られ、コレットたちは数日かけて帝国へ向かうことになった。

もう二度と戻れないわけではないのに、故郷の風景を目に焼きつけるのをやめられない。

遠くに広がる森、土埃の舞う田畑。川の水量はずいぶんと減り、魚でも採っていたのか子

供たちがその手を止めて連なる馬車をじっと眺めていた。

帝国は一日ではとても着けない距離にあるので、コレットたちは途中で宿に寄る必要があった。一日中馬車に揺られた人間の凝り固まった体を休めるため、そしてそれを引く馬たちのためでもある。

サマール国にはいくつか宿場町もあり、そこに貴族専用の宿もある。今夜宿泊することは、サマール国、ゼイネス帝国、カンガル国の貴族たちの御用達になっていた。

夕暮れと共に、一行はその宿屋に到着をした。侍女たちもかなり疲れているはずなのに、顔には出さずてきぱきと今夜必要な荷物を下ろしている。

ゼイネス帝国の公爵子息、カイゼルは馬車から降りた途端に大きな伸びをした。それをコレットに見られ、気まずそうに笑う。

それからまるで誤魔化すように、声をかけてきた。

「コレット王女殿下。もしよろしければ、ひと休みにお茶をいたしませんか？　我が家はお茶の貿易もしていまして、海外で人気のある、とっておきの茶葉をご用意しています」

コレットは流れるような話の振り方に、ふふっと小さく笑う。

「ありがとうございます。是非、いただきます」

側で控えていた侍女にコレットが目配せすると侍女は頷き、カイゼルから茶葉の入った入れ物を丁寧に受け取った。

茶葉と砂糖、皆の分もあるからあとで淹れて飲んで、とカイゼルが侍女に優しく言っているのも聞こえる。

「砂糖もたっぷりお持ちしましたから、甘いお茶にしてもらいましょう。疲れが取れます」

にこりと笑うカイゼルに、コレットは公爵家が貿易をとても上手くやっているのだと悟った。

寒いこの周辺国では砂糖の原料となる植物が育たないため、砂糖は輸入に頼り切りになっている。砂糖は銀と同等の価値を持ち、貴重なもの。それを恩着せがましくもなく、さらりと皆にも振る舞える財力には驚くばかりだ。

連れてきた侍女にまで気を使ってもらい、ありがたいと微笑む。カイゼルもまた、良かったとばかりにニッと笑った。

この宿屋を営むのもまた貴族で、王女であるコレットの来訪を心待ちにしていたようだった。

深々と頭を下げ、にこやかに再会の挨拶と歓迎をされた。

宿屋をコレットが使うのは、はじめてではない。

そのときから変わらない宿の主人は貴族だが、縁故に執着する馴れ馴れしさを一切感じさせず、一線を引いたもてなしの態度でコレットは快く思っていた。

宿は大きな屋敷を改装したもので、部屋数は少ないが荷物を大量に持ち込んでも使いやすい造りになっている。たった一泊でも、着替えなどでどうしても荷物が多くなるのが王族や貴族だ。

コレットは決して贅沢をしているわけではないが、王女として時と場合に合わせたドレスを何種類も持っている。宿に一泊するだけでも、侍女が下ろした荷物は色々と多かった。

宿一階の応接間でコレットがカイゼルを相手にお茶を飲んでいる間、ひとりの侍女を残し、他の者たちで今夜使う部屋の支度をしてくれている。

侍女の中でも紅茶を淹れるのが一番上手いのは大臣の娘でもあるララで、彼女が丁寧に紅茶の用意をした。ララは自ら進んでコレットについて帝国へ行くと言ってくれた侍女のひとりだ。

広く豪華絢爛な応接間には、短い夏を惜しむような眩《まばゆ》い光の中で、夏のボートに興じる婦人たちの絵が飾られていた。

以前ここに通されたときは、雪を押し上げて咲く小さな花の絵だった。変わりゆく季節に合わせて飾る絵を変える、洒落た計らいだ。

コレットの向かいでお茶を飲むカイゼルが、カップを静かにソーサーへ置いた。

「コレット様。自国民のためとはいえ、陛下の突拍子もない条件を受けてくださり、ありがとうございます。コレット様は……将来のゼイネス帝国を助けてくださいました」

そう言って、カイゼルは頭を下げた。慌てたのはコレットだ。

「あの、助けていただいたのは、私たちサマール国の方です。陛下のおかげで、これから三年間のうちに立て直す機会をいただけて……。私が帝国を救うなんて、どうして……」

頭を上げたカイゼルは、「それは……」と続けた。

「自分は、陛下とは幼少時からの仲なのではっきり言います。陛下はとにかくなんでも上手くやる御方です。才能と人に恵まれて……。まぁそれでもここ数年は怖い顔ばっかりしていますが。そんな御方でも、ただひとつ、どうしても上手くいかないことがありまして……」

「それは、私がここで聞いても大丈夫なことなんでしょうか？」

本人のいないところで秘密を聞いてしまいそうで、コレットはカイゼルに確認した。

「申し訳ありません。自分からは明かせませんが、是非とも陛下本人に聞いてみてください。コレット様にはその権利があります」

なんだか、カイゼルから話を振ってきた割には誤魔化されて聞けなかったが、とにかく完璧そうなユーリにも、なにか不得意なことがあるようだ。カイゼルは、それがなんなのか本人から聞く権利をコレットが持っているという。

「……そのときの陛下の顔、どんなだったか聞かせてくださいね」

そう続けてカイゼルは悪戯《いたずら》っぽく笑い、コレットが退屈しないようにすぐ次の話題へ移した。

そうしてまた翌朝には、慌ただしく宿を出立する。

馬車から見える景色が少しずつ見慣れないものに変わり、ついに国境の検問所に辿り着いた。

隠し切れないわずかな不安で、体がぶるりと震える。王族専用の馬車に一緒に乗っていたララが、素早くコレットにウールで織られた防寒のひざ掛けをかけた。

「大丈夫ですか、コレット様」

「……うん。大丈夫。少し寒かったかも……ありがとう、ララ」

「コレット様。帝国での生活で、お辛いことがあったらララに遠慮なく吐き出してくださ い。ララはコレット様のためなら、なんでもしたいと思っています」

二十歳のララは、コレットの侍女になって二年になる。歳も同じ、父王とララの父である大臣との関係は良好で、ふたりも自然と仲良くなった。ララは生涯独身を貫きコレットに仕えると大臣に宣言して、困らせていると聞いている。

「帝国に入ったら不満を口にするつもりはないわ、助けてくれたんですもの。でも、もし顔にわずかにでも出てしまっていたら……落ち着くよう、ララが私に美味しい紅茶を淹れてくれる?」

ララは強く頷く。

「必ず。わたしがコレット様に、最高の紅茶を淹れます」

国境を馬車が越える際。ふたりは黙って目を合わせ、秘密を分かち合った。


片手で数えるほどだが、来訪したことのあるゼイネス帝国の城を前にして自然と息を詰めてしまう。

遥か遠くまで続く高く頑丈な塀に囲まれた帝国の巨城は、いつ見ても圧巻だ。この中には軍の施設や鍛錬場などがあり、いざというときには門を解放し国民の避難所になるという。

サマール国の城も要塞のような造りだが、あれは防寒のための意味合いの方が大きい。それになにより規模が違うので、一体何人の城仕えが出入りしているのか……考えただけで目が回りそうだ。

ちょうど時刻がお昼に近いこともあり、多くの人々が馬車の列に道を譲り頭を下げている。

はじめて帝国に来たララは言葉を発しないが、人の多さに目を見開いて驚いている。

馬車はそのうちにゆっくりと正門をくぐり、止まった。

御者がうやうやしく馬車の扉を開くと、今度はコレットが目を見開く番になった。

目の前には、金刺繍が施された真っ赤な絨毯《じゅうたん》が城内へと続く石の大階段の奥まで続き、その両脇には正服を着た騎士たちがずらりと並ぶ。何人いるかなんて、ひと目では数え切れないほどだ。

どこからか歓迎の音楽が盛大に鳴り響き、わっと拍手が湧き起こった。

（こ、これは？　今まで帝国でこんな歓迎、受けたことがないのだけど……!?）

戸惑いを隠しながら、とりあえず笑顔を浮かべると、絨毯の向こうから背の高い逞しい男性が現れた。それがユーリだと気づいたけれど、妙だと感じた。

表情が硬いのだ。それもかなり。

深い青色の正服に身を包み、ユーリの顔は以前会ったときよりも更に精悍になっていた。凛々しい眉、高い鼻筋、頬は引き締まり、多くの者の頂点に立つ覚悟と自信が滲み出ている。

けれど、来賓を迎えるには少々表情や雰囲気が硬い。

そうして颯爽とこちらへやってきて、コレットの目の前にユーリが立つ。長身のユーリを、コレットは見上げるかたちになった。

ユーリの引き結ばれた唇が、小さく開く。

「……すまない。コレット様に会うのに緊張して、どんな顔をしていいのか、わからないんです」

まるで内緒話のようにユーリがさりげなく顔を寄せて囁くので、コレットは思わず笑みをこぼした。そして、コレットは自分も表情がかなり硬くなっていたことに気づいたのだ。

ドキドキと早鐘を打ちはじめた胸に、母の葬儀の夜に、自らぺしゃんこに押し潰したはずの恋の再来を感じてしまう。

結ばれることはないとわかっていた人と、かたちはだいぶ変わったが一時的にでも一緒にいられるのだ。

（……結ばれなくても、私の体にはじめて触れるのが陛下だなんて夢みたいな話だわ）

今度は満面に笑みを浮かべるユーリから、手を差し伸べられる。

「疲れたでしょう。ひと休みしたら……大切な話をします」

大切な話。条件である、子供の話だろうか。

コレットは小さく頷き、緊張しながらユーリの手を取った。

帝国の人々から『留学のためにやってきた隣国の王女』として大歓迎され、コレットは滞在期間中に本当に貿易の勉強をしてみようかと考えた。

ゼイネス帝国は周辺国の中でも、ずば抜けて貿易に強い国だ。それは大型船が入り込める深い海岸があることが一番の理由だが、国を支える資本力も元々あるのだ。

カイゼルの家のように、個々で貿易に力を入れて富を築く貴族家もいくつかあると聞いている。ここは、国と貴族がお互いに持ちつ持たれつの関係で上手くいっているのだ。

しかしサマール国はそういった貴族は少ない。『取りすぎない、狩りすぎない』というのは、忍耐強く自然と共生しながらの生活から生まれた知恵だが、食料難の危機を経験して、また違った備えの必要性を今回強く感じた。

ユーリからお茶の用意をしてあるからと、まずは応接間までゆっくりとエスコートされた。城内にいる衛兵や騎士の数が予想より少なく、コレットは不思議に思う。

わずかに見回す仕草にユーリは気づき、『心配しないで。これから大切な話をするから人払いをしているんだ』と教えてくれた。

ふたりの側を護るように歩いていた騎士たちも、応接間の手前で足を止めて頭を下げる。

入った応接間にはお茶の用意をしてくれていたメイドがいたが、ふたりがお菓子やケーキの用意されたテーブルに着くと、手早く丁寧にお茶を淹れすぐに下がっていった。

たくさんの要人を招くためか、応接間は貴重な調度品や絵画が並ぶ、広く絢爛な空間になっていた。それに色とりどりに並べられたお菓子やケーキの数々に、コレットは年相応の女の子のように目を輝かせた。

それを見逃さなかったユーリがスッと立ち上がり、側に寄るとケーキサーバーを手に自らコレットのために少しずつケーキを取り分けた。その迷いのないてきぱきとした所作に、コレットは見とれるばかりだ。

ひと切れずつ綺麗なケーキが並べられた皿が目の前にそっと置かれ、コレットはお礼を伝える。

「陛下に取り分けていただけるなんて、光栄です」

「メイドの方が盛り付けは綺麗だろうけど、今回は俺で申し訳ない。けど味は保証できます。朝から料理人たちが腕によりをかけて用意しました」

干した果物がたっぷり入ったパウンドケーキ、ベリーのジャムのかかったパンケーキ、ナッツが敷き詰められたケーキ。どれも美味しそうで、甘くいい香りがする。

「陛下の盛り付けも美しいです。以前にもこういった機会が……？」

ユーリは照れた仕草を見せながら、自分の席に戻った。

「子供の頃、付き合いのある公爵令嬢から、よく手土産に持参したケーキなどを切り分けて欲しいとねだられていました。おままごとに本気で取り組む子で、俺や公爵子息がよく巻き込まれて……」

「楽しそうです。私は兄弟がいないので、子供の頃は愛馬と共に森を散策する遊びばかりでした」

　こんな風に、ユーリと世間話をしている時間をコレットは不思議に感じていた。歓迎はしてもらったが、そのあとはもっと淡々と事が進むのだと思っていたのだ。

　想像していたのは、側室のような生活。ユーリの生活に関わることなく、夜のほんのひとときだけを共にして、身ごもればコレットだけが城から離れた屋敷へ居住を変える。

　人知れず出産して、サマール国へ帰る。そうした淡々とした生活を予想していた。

　しかし予想外にいきなり、忙しいはずのユーリが時間を割いて一緒にお茶をしてくれているのが、コレットには驚きだった。

　そのユーリが、ケーキを口に運び顔を上品にほころばせるコレットを、微笑ましく眺めながら口を開いた。

「……あとになってコレット様の耳に入り、不信感を抱かれるのは避けたいので、あるお話を今のうちに聞いていただきたいと思っています」

　コレットは静かにフォークを下ろし、聞く姿勢に入る。一体今からどんな話をされるのかと、表には出さずにわずかに身構えた。

ユーリも、表情を引き締める。

「この話をするために、俺はコレット様が成人するまで待ちました。そうして機会を窺っていたところ、今回の三年に渡る天候不良です。人道的援助の見返りを理由にはしたくなかったのですが、背に腹は代えられません」

「な、なんでしょうか……？」

膝の上で握った拳に力を込めた。でなければ、顔に不安が思い切り出てしまいそうだったのだ。

ユーリは端正な顔を崩さないまま、まっすぐにコレットを見つめて言った。

「勃たないんです」と。

コレットはサマール国次期女王として、またひとりの女性として、既婚の貴族女性を講師に、ひと通り閨教育を受けている。

とにかくベッドの中では夫に身を任せていれば、遅かれ早かれ終わるものだと。しかしそれは、夫のモノが勃起していることが前提の話だ。コレットも、男性のモノは誰でも、褥《しとね》では臨戦態勢になると信じて疑わなかった。

だから、〝勃たない〟といった状況がすぐに理解できないでいた。想像ができないのだ。

ユーリとたっぷり見つめ合ったが、徐々に頭が動きはじめた。

「た、た、たた、たたないとは……？」

「勃起しないのです」

「な、なにが……？」

自分の勘違いの可能性もあると思い、コレットがやや赤面しながら大胆に切り込むと、ユーリは「これが」と言って自分の下半身をそうっと指差した。

頭が真っ白になるという体験を、コレットは久しぶりにした。

考えも言葉も真っ白に塗り潰されたのか、または驚きで失ってしまったのか、なにも浮かんではこない。

ユーリからはコレットをからかって楽しんでいる雰囲気などはまったく感じないので、更に混乱する。

モノが使える状態でなければ、多分子供を作るのは難しいだろう。それなのに、どうして今回のような条件を出したのだろう。

それとも帝国には、そんな困難も解決できるような方法があるのだろうか。

なにをどう伝えれば、聞けばいいのかわからずに、コレットは困惑しながらユーリから目が離せない。

なにも聞けないでいるコレットに、ユーリはこの事態の説明を続けた。

「医師には、疲労と精神的なものが原因だろうと言われました。両親を同時に亡くし、急遽皇帝の座についてから数年は身を粉《こ》にして働いていましたから」

以前よりも精悍で男らしくなった顔つきは、想像もつかない苦労からきたものなのだろう。気が休まる時間も、ほとんどなかったのかもしれない。

「……私ではなにもお役に立てないかもしれませんが、陛下の心にひとときでもやすらぎが訪れるよう努力いたします」

自分になにができるのかわからないが、褥の問題や子供のことは一旦置いておき、ユーリのために自分ができることを考えはじめていた。

お茶の淹れ方をララから教えてもらおう。迷惑をかけないよう控えて行動しようなど、これからの行動指針を考える。

難しい顔をして真剣に考え込む真面目なコレットに、ユーリの頬がゆるむ。

「ありがとうございます。けれど、本当にお伝えしたいことは、ここからです」

コレットはごくりと唾を飲み、身構えた。

「俺の下半身は、コレット様にしか反応しません。つまり、この世で俺の子供を産めるのは、コレット様しか存在しないのです」

「えっ」

ユーリはふざけてなんていないようだ。いたって真剣な表情なので、コレットは思わず姿勢を崩してしまった。

「反応……？　でも、先ほどは、た、た、たたないと……っ」

「ええ。他の女性ではなんの反応もいたしません。俺のモノが反応するのは、この世でコレット様にだけだと断言できます」

大真面目なユーリの顔、そしてとんでもない発言に、コレットの頭はいよいよ許容範囲を超えてしまい真っ白を通り越してしまった。

＊　＊　＊

「少し風に当たってきます」と言って、コレットがユーリの用意した部屋へ戻ってすぐ。
入れ替わりに侍女がやってきて、今日はこのままコレットを休ませて欲しいと伝えてきた。

甘いお菓子もケーキも片付けられ、ユーリの前には公爵子息であるカイゼルがため息を吐《つ》きながら、青ざめるユーリを眺めていた。

「で、もしかしてコレット様にあのこと、伝えたんですか？」

ユーリは頷き、呻き声を上げながら深くため息を吐いた。青ざめたままの顔はそのままで、カイゼルの前ではにこりともしない。

「言った。大事なことだ、俺のモノはコレット様にしか勃起しない。コレット様だけが、俺を受け入れられ、子供を産める存在だと……」

「ええー……到着していきなりですか。コレット様、相当驚かれたでしょう。自分はコレット様に『陛下本人に聞いてみてください』と言ってはみましたが、陛下が先に打ち明けたのですね」

「……契約上は狩人の加護の話を持ち出したけど、単に政治的な道具として求めているわけじゃないとわかって欲しかった。成り行きでコレット様にお願いしたのではなくて、俺はもうコレット様にしか反応しないのだと、俺にとってこの世でただひとりの存在なのだとはじめから知っていて欲しかったんだ」

「うーん。陛下の気持ちはわかりますが、初日から聞かされるには、女性にはなかなか重い話ですね」

間違いではない。ユーリは正真正銘、コレットにしか反応しない。

元々ユーリは女遊びなどまったくしない。貴族たちが恋だの不倫だのを楽しんでいる間に、王族としてひたすら帝王学を頭に叩き込み、海外を飛び回っていた。

それが両親の急死で自分を取り巻く状況ががらりと変わり、ある朝からユーリのモノは一切元気な姿を見せなくなった。

カイゼルに相談をするが、気のせいだろうとそのときは返されてしまった。

自分でも疲れているからだと、見て見ぬふりを続けて半年目の朝だ。両親の葬儀に参列してくれた、あの美しく成長したコレットが、自分に微笑みかける夢を見た。

するとどうだろうか。半年間すっかりしおれていたユーリのモノが、寝間着を押し上げ窮屈そうにしていたのだ。

ユーリは驚いた。そして七つも歳下のコレットに対して申し訳なさと酷い罪悪感を覚えたが、その後同じことが何度も続き、確信した。

やはり自分は、コレットにしか反応しないのだと。

「陛下の体質について最初に聞かされたときは、絶対嘘だなと思いましたね。次々に舞い込む妃候補との見合いをすべて断るための、陛下の口実かと思いました。しかしハーレムごとやってきた海外の要人の、あの手練揃いであろう彼女らに囲まれてもまったく陛下のモノが反応しないのを見て、確信しました」

夜、要人に『皆でゆっくり飲もう』と誘われ、なにも疑わず部屋を訪ねてしてしまったのだ。要人は自分のハーレムの女性たちに独身であるユーリを体でもてなすように指示したが、ユーリはひたすら女性たちを拒否した。

ユーリもカイゼルも護衛の騎士たちも、異国の大胆な女性たちをどう窘《たしな》めたらいいのかわからなかった。女性に対して大きな声を出すわけにもいかず、必死に部屋を逃げ回り出ようとした。

柔らかな裸体でもみくちゃにされても一切立ち上がりもしないユーリのモノに、女性たちはあからさまにがっかりした様子を見せた。

ユーリはその様子を見ていた要人に、自分の体に起きていることを説明すると、思い切り同情されてしまったのだ。

そのことが原因でユーリはますます女性の体に反応しなくなり、もし要人が女性たちを帯同してきても、王族に対しそういった接待を行うことを完全に禁止した。

「……あのとき、ハーレムの女性たちを見てお前はニヤけて喜んでいたな。いつかカイゼルが結婚するときには、奥方になる人にこの話をしようと思う」

「やめてくださいって！　自分はどうなんですか、十四歳のときからずっとコレット様に片想いしてるって御本人にバラしますからね！」

長いユーリの片想いを唯一知っているのは、この世でカイゼルだけ。カイゼルはユーリを昔からからかいはするが、決して馬鹿にはしない。立場を弁《わきま》えており、友人として信頼のおける人間だ。

だからユーリは、カイゼルをサマール国への使者に選んだのだ。

「……そんなに長く想っていても、コレット様に帝国に嫁いできてくれとは言えるわけがないんだ。彼女は将来のサマール国の女王。一緒にはなれない存在で……こうなっても想いを伝えられないのはもどかしいな」

七歳の年齢差、お互いが国を率いる存在……大きな障害が根深くふたりの間に横たわっていた。

このまま、遠くから密かに見守るしかない。

しかし事態が突然変わったのは、カンガル国からのサマール国への援助の内容と条件を知ったときだ。

帝国とカンガル国は長い間関係があまり良くなく、互いに間者を送って探り合っている状態だった。

十年ほど前から高く課せられた税金と貴族たちの汚職のせいで、帝国に逃れてくるカンガル国民は多く、帝国も頭を悩ませている。

内部浄化をはかろうとした貴族がミゲルに手打ちにされた話は帝国にまで届き、牽制をしつつ均衡を保っていた関係も危ういものになっていた。

だが、間に挟まれたサマール国には影響を及ぼさない、という暗黙のルールが両国にはあったはずだ。

しかし、それを破ったのはカンガル国だ。サマール国の未来を考えず、援助の見返りにコレットの輿入れを求めたと知ったユーリは、激怒した。

すぐに帝国の大臣たちを集め緊急の会議を開き、今サマール国を助けなければならない理由を並べ、満場一致で穀物庫を解放させた。

ゼイネス帝国の人間は、三国の人間の中でも特段に自分たちの守護する狼を大切に思っている。その狼を同様に大事に扱う狩人の国、サマール国を助けない選択肢はないのだ。

そしてカンガル国よりも、何倍も良い条件を出し、カイゼルに交渉に向かわせた。

カンガル国と同様に、弱みに付け込むようなかたちでお願いしたくはなかったが、ユーリは自分の血を引く狼の加護を受ける子供を残すために『子供が欲しい』と条件を出したのだった。

「陛下。とにかく我々は陛下の血を引く子供が生まれることを望んでいます。酷なことを言いますが、これはゼイネス帝国とサマール国との取り引きです。サマール国王も承知なさった。今はコレット様にどう思われようが、突き進むしかないのですよ」

「……ああ、そうだな。コレット様がカンガルへ行くと決める前に、間に合って良かった。

無理をさせる彼女に報いるためには、まずはサマール国民を救う。必ずだ」

「ええ。その意気ですよ。男には子供は産めないのですから、働いて稼いで女性を安心させるしかありません。穀物庫の中身が減ったぶん、外貨で稼いで補填しますよ！　がんがん稼いで、コレット様の心労を減らしましょう！」

カイゼルの妙な励まし方に、ユーリは思わず笑いだした。そうして改めて、コレットが無事に帝国にやってきてくれたことに安堵したのだった。


ユーリはそのあと、コレットがあまり食べられなかったケーキやお菓子を包み、部屋に自ら届けた。対応した侍女にコレットの様子を聞くと、旅の疲れが出たようだと話す。

自分が打ち明けた話で清廉なコレットをかなり驚かせてしまったのだと、改めて己の余裕のなさを反省した。

コレットに好かれたいなんて、おこがましいと思っている。歳上なのもあり、昔から多少はコレットから頼りにされている自負はあったが、自分の体や条件のせいで信頼は地に落ちただろう。

だが、後悔はなかった。

もしあるとすればただひとつ、コレット自身に自分の言葉で援助の話を伝えられなかっ約束の締結の日、ユーリはサマール国の王と一緒にコレットも帝国へ来ると思っていた。

そこでふたりきりになる時間を貰い、改めて自分の言葉で説明をするつもりだった。

だが、今国を空けるのは不安要素があるといい、帝国へやってきたのは国王と外務大臣だけだった。

やっと今ふたりきりになり、自分の体の説明をしたが……。あまりにも唐突な内容だったためにコレットは気分を悪くしてしまったのだ。

いくらコレットが大事で重要な存在だと伝えようとしても、あれでは困惑させるばかりだった。

例えば医師に同席してもらったり、コレットには侍女に付き添ってもらうなどの配慮が必要だったのだ。

夕方。ユーリは執務室で仕事をしながら、今日何度目かわからないため息を吐いた。そのたびに近衛騎士たちは、『なにがあったんだろう』と目配せし合う。

コレットの具合が心配だが、自分が何度も部屋を訪ねていたら休めないだろう。もどかしい気持ちを、ユーリは今思い切り味わっていた。

そのときだ。扉の向こうにいる衛兵から、声かけと共にノックがあった。部屋に入れると、先ほどコレットの部屋を護る衛兵から伝言を預かったという。

――夕食の前に、陛下と少しお話しする時間をいただきたいと、コレット王女殿下がおっしゃっています、と。

ユーリの心臓は鷲摑みにされたようにこわばり緊張したが、顔だけはすぐに平静を取り戻した。

「わかった。すぐに向かう」

そう衛兵に伝え、部屋から出ていく背中を見送る。すぐに向かいたい気持ちを抑え書類などを整理してみるが、やはり我慢ができずにすぐ立ち上がった。

「ひとりで行くから、ついてこなくても大丈夫だ」

近衛騎士たちにそう伝え、年甲斐もなく駆け出したい気持ちを我慢しながらユーリは執務室を出た。

ゼイネス帝国の城が巨大な造りになっていることを、今日ほど不満に感じた日はなかった。

早くコレットの顔を見たい自分と、なにを言われるか不安に思っている自分。両者が心の中で激しくせめぎ合うが、進む足は止まらない。

コレットのために用意した部屋は、客室の中でもとびきり広く、また女性が好みそうな草花をカーテンや壁紙にしつらえた特別な部屋だ。バスルームはふたつ、寝室もふたつ、ベランダではお茶ができる広さがある。

帝国での生活を不自由に思って欲しくないという、ユーリの配慮だ。また、コレットが身ごもった際に居を移す屋敷も、近くに綺麗な海が見える場所を選んだ。

子供には、いつでも会いに来て構わないと条件に出した。産んだ子供に会えないのは身を裂くような辛さだろうと想像したからだ。

（コレット様と成長した子供と……俺とで、いつか数日でもゆっくりと過ごせる日が来るだろうか。会いに来て欲しい、コレット様に）

勝手だと思いながらも、ユーリはそう願わずにはいられなかった。

＊＊＊

『少し風に当たってきます』と言って、逃げるように応接間から部屋に戻ったコレットだったが、今はユーリに対して申し訳ない気持ちになっていた。

勃たない、と体の不調を打ち明けてくれたユーリを置き去りにしてしまった。

部屋には戻ったが、心配する侍女たちに理由は言えない。疲れが出てしまい、戻ってきてしまったとだけ伝えた。

用意された客室のふたつある寝室の片方で、コレットはベッドに少しだけ横になり考えはじめた。

コレットは、男性のモノがそういった状況になることを知らなかった。外傷的な要因を除けば、どんなときも問題なく……と思っていたのだ。

憧れのユーリから、体に問題があること、しかしコレットに対しては反応することなどを聞き、頭の中が許容量を超えてしまったけれど……。

（陛下だって、好きでそうなったわけではないわ。それに皇帝の座は直系でないと継げない。陛下の血を継いだ子供を産める可能性があるのは、私だけ……）

そう聞いて、援助の条件がすとんと胸に収まったのだ。

言い伝えを信じたユーリが、狩人の加護を受ける自分との子供をむやみに欲しがったわけではなさそうだと事情がわかり、コレットは少しだけほっとした。

「どういう理由かはわからないけれど、陛下は私以外の女性とは御子を成せない。狩人の加護を受ける国の王女として、狼の加護を受ける陛下をお助けしなければ……」

母の葬儀の夜にミゲルから助けてくれたように、自分もユーリを助けたい。

ただ、身ごもったとしても、子供を残していく辛さを話しておかなければと思った。

ユーリが体の話をしてくれたように、自分もまだ見ぬ子供に対して抱えている気持ちを伝えておきたい。子供を大切に育てて欲しいと、お願いしたいのだ。

（落ち着いてきた……。陛下なら、私の話を聞いてくださる。そう信じよう）

コレットはベッドから身を起こすと侍女を呼び、ユーリに改めて話をしたいという伝言を託した。

身支度を整え、ユーリの来訪を客室で待つ。忙しいユーリの都合がつかなければ、その返事を誰かが持ってくるはずだ。

すると、あまり待たないうちに部屋の扉がノックされ、外から声がかけられた。それがユーリ本人だとわかり、コレットは自ら扉を開けて出迎えた。

「陛下、先ほどは申し訳ありませんでした。それにまたお時間をいただいてしまい……」

「いや、いいんだ。俺こそ悪かったです。また話す機会をくれてありがとう」

ユーリの眼差しは優しく、コレットの硬かった表情は柔らかくゆるんだ。

侍女にはユーリとふたりで話をしたいと伝えたので、彼女らはテキパキとお茶の用意をしたあと、素早く下がってくれた。

コレットはそれを見届けてから、改めてユーリと向かい合う。

「用意した部屋は気に入ってもらえましたか？　なにか不便があるようでしたら、すぐに対応いたしますので言ってください」

先に口を開いたのはユーリだった。コレットは首を横に振る。

「こんな素敵な部屋をご用意してくださり、ありがとうございます。可愛らしいうえに広くて過ごしやすそうだと、侍女とも話しています」

コレットは草花が好きなので、カーテンや壁紙を見て感嘆の声を漏らした。サマール国の私室も、いつかこんな風にしてみたいと思ったくらいだった。

気に入っていると聞くと、ユーリは安心したように頷く。そして、座ったまま姿勢を正した。コレットも、本題に入るのだと悟り同じように背筋を伸ばす。

ユーリより先に話を切り出したのは、コレットだった。

「……先ほどは、最後までお話を聞かずに応接間をあとにしてしまい、申し訳ありませんでした」

コレットが謝罪をすると、ユーリは「俺が悪かったんです」と焦りだす。

「あんな話をいきなりしてしまって、俺の方こそ配慮がなかった。医師やコレット様の侍女を同席させれば良かったと気づきました。体調はいかがですか？」

「大丈夫です。そういったお話に免疫があまりなくて驚いてしまいましたが、陛下のご苦労を思えば……」

ご苦労を、と言って自分の頬が熱くなるのを感じる。コレットはそれが早く冷めるように、冷たい自分の手の甲をさりげなく当てた。

「あんな話をしたあとだけど、コレット様にしか頼めないことです。思うところはあるでしょう、拒否反応が起きたかもしれません。けれど、俺にはコレット様しか……」

改めて謝るユーリに、コレットは笑みを浮かべた。

「わかりました。いざとなったとき、あの……本当にお役に立てるかはわかりませんが、努力いたします。そして陛下にも、私の素直な気持ちを先に聞いていただきたいのです」

緊張で、なかなか最初の言葉が喉から出てこない。泣き事だと万が一に捉えられたらと思いながらも、伝えないまま肌を合わせるのは難しく、それは嫌だと感じた。

コレットが最初の言葉を発するまで、ユーリは急《せ》かすことなく待っていた。

わずかな沈黙のあと、コレットは薔薇色の唇を微かに震わせながら薄く開いた。

「サマール国のため、そして陛下のために子供を産むことに抗う気持ちはありません。王女としてこの身がお役に立てるなら……。ただ、生まれる子供に対しては、申し訳ない気持ちでいっぱいなのです」

夏が去った今、陽は力強く眩しいものから、どこか切なく柔らかなものに変化してきている。窓辺からはそんな光が部屋を満たし、そのぶん、影を濃くする。

俯《うつむ》くコレットの光と影に、ユーリは息を呑んだ。わかっているつもりだったのに、いざコレット本人から聞かされると胸にくるものがある。

「コレット様……」

「私はこの気持ちを、ひとりで抱えるつもりはありません。身ごもり子供が生まれれば、私たちは親になります。ふたりの意思の間に生まれる命に、成長するまで責任を取り続けなければなりません。しかし、私は子供の側にいてはやれません」

ふうっと息を吐き、目元にじわりと浮かぶ涙を拭う。そのコレットの姿に、ユーリがまっすぐに答えた。

「コレット様が産んでくださる子供は、俺が必ず人生をかけて大切にします。愛して、大事にします。必ず約束します」

真摯な眼差しで、ユーリはコレットに誓った。

「必ず、お願いします。これは王女ではなく……ただの女としての、私の最大の願いです。……これだけはどうぞいつまでも心に刻み、決して生涯忘れないでください」

誓いとばかりに、テーブルの向こうからユーリはコレットに手を差し出した。コレットは、願いを込めてその手を摑み強く握り返す。

――私の子供を、どうかよろしく。大切に育ててくださいと、しっかりと口にして。

それから一週間は、城内外を案内され、たくさんの貴族と会い挨拶や懇談をした。

とにかく帝国での生活にまずは慣れて欲しいという、ユーリからの配慮だった。

のどかなサマール国の生活とは正反対の忙しさに目が回りそうだったけれど、新しい刺激もたくさん受け取っていた。造船所では、新しい技術で組み上げられた船を見学させてもらった。

城内ではサマール国の城にある図書室より、何倍も広い図書館がお気に入りの場所になった。ここでは、月が海面に反射してできる光の道を、亡くなった人の魂が通り、会いたい人の夢に現れるという言い伝えが書かれた本を読んだ。

また、外国からの贈り物が飾られた部屋には、珍しい品々がたくさんあり、見ていて飽きない。

そこである物を発見して、コレットはとても驚いた。

帝国にやってきた日から、なるたけ一緒に食事を摂っているユーリに、〝あるもの〟について早速話を振った。

「昼間、珍しい品々を拝見しているときに、頭付きの熊の毛皮の立派な敷物を見つけました。あの熊、私が仕留めたものですよね？」

そう聞かれたユーリは、豆を蒸して丁寧に濾《こ》したスープを口に運び、頷いた。

「……そうです。あれは帝国とサマールの国境で人や家畜を襲い、最期はコレット様に討伐された熊です。狩りはコレット様自らが指揮を執ったと聞き肝が冷えましたが、よく考えれば弓の腕前は誰よりも優れているのだと思い出しました」

数年に一度、帝国の行事としてサマール国は狩場を貸すことがある。

限られた数の貴族が弓を持ってやってくるのだが、監視監督として立ち合うコレットの腕前が一番なのだ。

「巨体で赤毛の隻眼、あんな熊は他に見たことがありません。亡骸《なきがら》は帝国の方に買われたと聞いていましたが、まさか敷物としてこの城で使われているとは思いませんでした」

「ふふ、俺が持ち帰った者から買ったんです。コレット様の勇姿を聞き、是非残しておきたくて。まさか熊も、ここでコレット様に再会するなんて思ってもみなかったでしょうね。良かったら客室に運びましょうか？」

コレットは、首を横にブンブンと振る。

「もし夢の中でやり返されたら、とても敵いません」

そう言って食事の邪魔にならない辛口のワインに口をつけると、ユーリは笑った。

皇帝の座についてからは、ユーリは硬い表情でいる印象が強かった。しかしコレットの前では、こんな風に砕けて笑う。

帝国に来てから、色々な表情のユーリを見ている。そのたびに切なくなる胸に、心の中で落ち着けと言い聞かせる。

――私も、いつかサマール国で伴侶を見つけて……私のあとに続く後継者を産まなければならない。

ユーリも子供を養子にしたら、そのあとで見合う誰かを妃に迎えることだろう。

ときめいても、恋をしても、ユーリは決して結ばれない相手なのだ。

やり切れない気持ちで俯き、石窯で焼かれた丸いパンを小さく千切る。

「コレット様。明後日、泊まりで温泉に行きませんか?」

手元のパンからはっと顔を上げると、ユーリがコレットを見つめて言った。

「お、温泉ですか?」

「はい。天然の温泉を囲うように建てた、王族専用の保養所があるんです。ここからはそう遠くなくて……どうでしょう?」

子供を作ることに同意はしていたが、ユーリからはまだほとんど触れられてはいなかった。

宿泊。温泉。つまり、そういうことになるのだろう。

動転して咄嗟に口に含んでしまったパンが、緊張で喉を通らない。返事を待つユーリからの熱い視線が、体を貫きそうだ。

だからコレットは、ドキドキする心臓の鼓動を強く感じながら、勇気を出して小さく一度頷いた。

返事を待つユーリには、それだけで十分だった。

なんともたまらない気恥ずかしい雰囲気が食堂に満ちて、それから食事が終わるまでコレットはユーリの顔をまともに見られなくなってしまった。

温泉に行こうと誘われてから、あっという間に当日になった。

朝晩は更に肌寒く感じるようになり、吸い込む空気に鋭さを感じる。こうなると、ここからあっという間に雪が降り出す季節になることを皆知っている。

これから長く厳しい冬がやってくるのだ。

温泉に向かう、帝国の立派で豪華な馬車の中では、ユーリとコレットはふたりきりだった。侍女たちや、一緒にやってきたカイゼルは違う馬車に乗ってついてきている。

コレットは緊張してしまい、向かいに座るユーリの顔をなるたけ見ないようにしていたが、ふと視線を感じて思わず目を向けると……ユーリが嬉しそうな目でコレットを見つめているので恥ずかしくなってしまった。

慌てて目を逸らして窓に顔を向けたけれど、熱くなった頬はきっと赤くなってしまっているだろう。ユーリの目には、真っ赤に見えているかもしれない。

(そんな目で見られたら、勘違いしてしまいそうになる。きっと、陛下は素敵な温泉に誰かを連れていくのが好きなのね)

コレットは意識しすぎてすぐ赤くなってしまう自分の体質に困りながら、なにか話題を探さなくてはと必死に頭を働かせた。

そんな時間を過ごしながら、一行は広大な針葉樹林の森の中の、開けた場所に建つ立派な屋敷に到着した。

時刻は昼を過ぎていた。

屋敷の周辺は、馬車が乗り入れられるよう道がしっかりと整備されているが、保養所の他には離れた場所にいくつか別荘に使うような大きな屋敷が見えるだけだ。

見回す限り、静かで人の姿はない。

途中に通った、買い物ができそうな町からも距離があるため、本当にゆっくりと体を休める場所なのかもしれない。

馬車を降り、屋敷へ足を踏み入れたコレットは目を見張った。

玄関ホールから二階への高い吹き抜け、重厚な中央の大階段はこの屋敷の主役のようにどっしりと構えている。敷き詰められた毛足の短い絨毯は靴の裏にしっくり馴染み、水晶の連なるシャンデリアが柔らかな光を反射して煌めく。

この屋敷は、王都の城と同等に荘厳な雰囲気に満ちていた。

たくさんの使用人たちが出迎えてくれて、屋敷を取り仕切る執事長からも丁寧な挨拶をされる。

「お初にお目にかかります、王女殿下。この屋敷で殿下のお世話をさせていただく、執事長のイーサンでございます」

整えられたロマンスグレーの短い髪、しっかりとした話し方や装いから忠実さを感じさせる初老の男性だ。

「お世話になります。温泉があると聞いて、楽しみに来ました」

コレットがそう伝えると、執事長は引き締めた表情をゆるめた。

「王女殿下の期待に十分に添えられるよう、努めさせていただきます。王都からずっと馬車に揺られてお疲れでしょう。お茶と軽食の準備ができていますので、ご案内いたします」

そのまま案内された応接間でひと休みのお茶をしたあと、執事長から屋敷の間取りをひと通り説明されながらユーリと三人で見て回った。

来賓が使う部屋は二階にあり、一階には応接間や食堂、娯楽室や図書室が、屋敷と廊下で繋がる離れには温泉を引いた浴場があった。

大浴場に露天風呂、その奥には王族だけが使える個別の浴場と、湯治をするには最適で贅沢な場所になっていた。

「わあ、すごいです！　サマールにも温泉はありますが、湯量が桁違いです」

かけ流しのようで、白い湯気がもうもうと立ち込める中、お湯がもったいないほどざぶざぶと流れている。

「日照りで湯量の心配をしたが、ここはそれほど影響は受けなかったようだな」

ユーリの言葉に、執事長がほっとした表情を見せた。

それから数人の近衛騎士を連れたユーリと共に、森の散策へ出た。足元にボコボコと針葉樹の根が張っているが、それも来週までには白い雪で覆われるだろう。

「足元が悪いですね。コレット様、お手を」

差し出されたユーリの手を、コレットはそっと摑む。

「ありがとうございます」

ふたりは軽く手を繋ぎ、自然の中を歩く。

風が吹けば針葉樹に積もった雪が地面に落ち、ぼっとあちこちから音が立つ様をコレットは想像する。この地もただ白く、凍てつく静かな世界に変わるのだろうと。

サマールでの真冬の狩りの記憶を、コレットは針葉樹林の中で思い出している。

吹雪の中、大鹿が木々の間をゆっくりと雪を踏みしめながら歩く。隠れたこちらに気づき足を止め、真っ黒な目を向けられたまま緊張の中で対峙する時間。

どちらかが一歩でも動いたら、たちまちに崩れる静寂が、一帯を支配する場――。

（サマールでは今ごろ、いつもなら冬の狩猟に向けた準備で忙しいのだけど……。お父様は今年はどうするのかしら）

父王に手紙を書こうと思っているけれど、書き出しの一文をどうするか、コレットはいつまでも迷い、言葉を探している。父王が自分を想う気持ちを考えると、筆が止まってしまうのだった。

繋いだユーリの手から、ぬくもりが伝わってくる。この安心感と、子供への罪悪感をユーリと二人で分け合えたこと――それが文字にしなくても父王に伝わればいいのにと考えてしまった。

「疲れましたか？」

考え込み黙ったまま歩くコレットを、ユーリは心配している。

「いいえ。静かでいい場所なので……、少しサマールの冬を思い出していました」

「サマールは自然が多いから、ここより冬は厳しく、そして美しいでしょうね。狩猟の数もよく管理されているから、サマールの毛皮は色艶が良く海外でも人気があります」

「ありがとうございます。いつか陛下のために、大鹿を仕留めて送ります。それで新しいブーツを作ってください。剝製《はくせい》にしてはいけませんよ」

熊の敷物の横に、大鹿の剝製が並ぶのを想像する。

ユーリも同じ想像をしたのか、「では、二頭お願いします。一頭は剝製にします」と銀の髪を揺らして笑った。

夜には温泉にたっぷり浸かり、いよいよユーリが部屋に来て、ひと晩を一緒に過ごすことになった。

今夜だけは近衛騎士も人払いされ、侍女たちと同じく一階の部屋を使うことになっている。カイゼルもだ。

なにかが起きない限りは、二階には誰も上がってはこない。

部屋には、ふんわりとした間接照明の明かりだけが灯されている。

コレットは温泉に浸かったあと、侍女たちから花の香りのする香油を足の爪の先まで丁寧に塗り込められ、髪も艶々に整えられた。

纏う寝間着は上等な絹のネグリジェで、ガウンをその上から羽織った。

手ぐしで髪をすくと、つるりと指から滑り落ちていく。肌もしっとりとして、身動《みじろ》ぎをすると花の良い香りがする。

（温泉と、香油のおかげね）

侍女たちが努めて明るく振る舞ってくれたおかげで、わずかに残っていた悲しい気持ちが小さくなっていた。

（愛し合って肌を合わせるわけではないけれど、はじめてが陛下で良かった……）

王族や貴族の結婚は政略的なものがほとんどだ。その中で、はじめての夜を好きな人と過ごせる人間はどれくらいいるのだろうと考える。

子供の頃から頼りになる兄のように思い、淡い恋心を抱きそうになっていた相手。

激しく脈打ちはじめた心臓が、今もその存在の大きさをコレットに毎秒刻む。

「……だめ、こんなにドキドキしたら陛下に心臓の音が聞こえてしまう……っ」

ガウンの上から左の胸を押さえた瞬間、部屋の扉がノックされた。

コレットは腰かけていたベッドから、驚いて転げ落ちそうになった。そのくらい、カチカチに体に力が入ってしまっていた。

それからすぐにベッドから扉へ向かいそうっと開くと、飲み物が入った瓶が飛び出したバスケットを抱えて軽装のユーリが立っていた。

「遅くなりました。軽食と、林檎を発酵させて作った酒があるので、良かったら一杯飲みませんか?」

　ユーリはまるで遊びにでも来た風で、緊張していたコレットの肩から少しだけ力が抜けた。ユーリなりに、コレットが緊張しすぎないよう気遣ってくれているのだと伝わってくる。

「私はあまりお酒が得意ではないので、一杯だけいただきます」

「甘くて飲みやすい酒なので、コレット様のお口に合うと思います」

「それは楽しみです、中へどうぞ……」

　部屋へ招き入れると、ユーリはテーブルにバスケットを置き、林檎の酒が入った瓶とグラスを手際良く取り出した。

　コレットをソファーに座らせると、ユーリはそれらを広げていく。帝国に来た日にも、こうやってコレットのために動いてくれていた。

「俺は干した果物をつまみながら、酒をたまに飲みます。海外から輸入する枝付きの干し葡萄や、いちじくなんかが好きです」

「陛下は、甘い物がお好きなんですか?」

「そうかもしれません。コレット様、グラスをどうぞ」

空のグラスを渡され、そこに黄金色の林檎のお酒が半分ほど注がれた。月光を溶かしたような色のお酒に、見惚れてしまう。

隣に座ったユーリに、コレットはグラスを傾けて見せた。

「……綺麗なお酒ですね。父があまりお酒を嗜まないので、私もワインを一杯くらいしか飲めないのです。シードルも美味しいとは聞いていましたが、立場上誰を誘って飲んだらいいかわからなくて」

「それは良かった。気に入ってくださると嬉しいです。ただ……」

ただ？　とコレットは首を傾げる。

「お腹に子供ができたら、酒は飲まない方がいいでしょうね」

かあっと、ふたりして同時に顔を赤くする。

「この一杯が、とても美味しかったら陛下を恨みます」

そう言って、コレットは月光色の酒に口をつけた。

自身で言った通り、コレットはシードル一杯で真っ赤になってしまった。アルコール度数は食事と共に摂るワインの方が高いが、今は雰囲気にも酔ってしまったのだ。

高くなるコレットの体温が、体に塗り込んだ香油の匂いを高める。その花の香り、コレットの赤く染まった首筋に、ユーリは密かに息を呑んだ。

その気配に、コレットは気づく。

ただ、どう動いていいのかはわからない。自分の身動きひとつで、そういった雰囲気になってしまうのがまだ少し怖かった。

「緊張しないで、というのは難しいと思います。なので今日は触れ合うだけにしましょう」

「触れ合うだけ……？」

「はい。王女であられるコレット様は、こういった経験ははじめてだと思うのです。いきなりは……お辛いと思います」

コレットは困惑した。覚悟はしていたのだ。ユーリに体を委ねる覚悟、自分の体に訪れる未知の体験を受け入れようとしていた。

けれど、今日は〝触れ合うだけ〟とユーリは言う。拍子抜けしたような、不安が先延ばしにされたような、なんとも言えない気持ちになった。

しかし、ユーリがそう言うのだ。無理を言って抱いてもらおうとしても……あまり上手くいかないとユーリは思うかもしれない。

なにもわからない自分が、我を押し通す場面ではない。コレットはそう考え、頷いた。

「……では、このまま手を繋ぎましょうか。昼にコレット様の手を取ったとき、小さくて冷たくて少し驚いたんです」

隣に座るユーリが、自分の左手をコレットに差し出した。コレットはえいっと心の中で思いながら、そうっと自分の手を重ねた。

「ああ、今は温かいですね」

手のひら、指同士が触れ合う。

「多分お酒をいただいたからだと思います。いつも、食事のあとはポカポカしているのですよ」

心臓はまだドキドキと鳴っているが、ユーリとふたりでいる空気にも少し慣れてきた。それに酔いのせいもあり、普段張っている気がゆるむと、頼りにしているユーリに甘えてみたくなってしまう。

(子供の頃はどうやって陛下に接していたのかしら。抱き上げてもらった記憶もあるのに)

あの頃のような、小さな子供ではなくなった自分では上手く甘えられない。けれど……。

「……お酒はだめですね。陛下の前では理性的でいたいのに……」

そう呟きお酒のせいにしながら、逞しいユーリの体にコレットは身を寄せて体重を軽く預けた。大人になったからこそできる、寄り添い方だ。

ただコレットはこんなことをしてみたのは人生ではじめてで、寄りかかったユーリの体から服越しに体温を感じた瞬間から、たまらなく恥ずかしくなってしまった。

寄りかかったまま、繋いでいない方の手で顔を隠した。心の中では大胆に行動した自分を褒めたり、早まったのではないかと反省したりで忙しい。

勇気を出したコレットに、ユーリは喜びを感じていた。今すぐに抱きしめたい衝動を必死に抑えながら、怖がらせないようにじっとしている。

しかし先に動いたのは、ユーリだった。繋いでいた手を一度離し、赤く染まるコレットの頬に優しく触れながら名前を呼んだのだ。

呼ばれたコレットは、恥ずかしくて逃げ出したい気持ちと必死に戦っていた。もう一度名前を呼ばれたとき、観念して覆っていた手を外した。

間近にユーリの端正な顔があり、コレットを蕩けるような眼差しで見つめている。その瞬間、そんな表情で見つめられているのが嬉しくて、まるでそうするのが当たり前のように自然に瞼を閉じた。

それから、唇に重なった柔らかさを感じて、じわりと熱い涙が出てしまう。言い表せない幸福感で胸がいっぱいに満たされ、コレットは自分がふわふわと浮いている錯覚を起こした。

唇が離されると、なんとも言えない寂しさを覚えてしまう。

「陛下……」

そう呼ぶと、再び唇は重ねられた。二、三度軽くついばむような口付けを受けて、コレットはされるがままになってしまった。

「……大丈夫ですか、コレット様」

唇が離され、そう聞かれても、大丈夫なのかよくわからない。

「陛下を、陛下をいつもよりずっと……近くに感じます。内側からじわじわ、温かい気持ちになって……」

自分の胸に手を当てると、今度は真綿でも抱きしめるかのように、大きなユーリの体に包まれた。

口付けとはまた違った高揚感と幸福感を、ユーリの腕の中で感じていた。

ほうっと息を吐いて、逞しい胸に身を預ける。子供のときとは違う、今だからこそ感じる安心感に身を委ねた。

「このまま、抱き上げますよ」

「えっ、あっ！」

返事をする前に、軽々と抱き上げられてしまった。ユーリはコレットを大切に抱えながら、寝室へと向かう。

（これから、陛下の前で肌を顕にするのかしら……。私が知らないだけで、変なところがあったらどうしよう）

そのせいで、ついにユーリの男性器が使い物にならなくなってしまったらと、コレットは不安を感じはじめていた。

主寝室の、完璧に仕上げられた大きなベッドに優しく下ろされた。その感触に、これからはじまる行為への緊張が高まっていく。

主寝室もまたわずかな明かりが灯されているせいで、お互いに薄っすらと表情が見えてしまう。

普段とは違う、欲がわずかに滲み出たユーリの瞳にコレットは強くドキリとした。自分が求められていると、更にここで自覚したのだ。

いよいよユーリもベッドに乗って、反動でコレットの体がわずかに弾む。

ベッドの上で、ユーリとふたりきり。どこを見て、なにを話して、どう反応したらいいのかコレットは考えるほどにわからなくなってきた。

「大丈夫です、今日は口付けまでできました。最後におやすみの口付けを、もう一度俺からさせてください。それで終わりですから、安心してください」

「おわり……？　あの、私変なところがあったんでしょうか、申し訳ありません。はじめてのことばかりで、本当に申し訳ありません……っ」

ここまできて、口付けで終わりだと言われた。自分におかしなところがあったのかもしれない、ユーリが帰りたくなるようなことがあったのだと、コレットは顔面蒼白になった。

慌てたのはユーリだ。さっきまで夢心地の表情を浮かべていたコレットが、自分に平謝りをしている。

何度も謝る姿に、ユーリは覚悟を決めてくれたコレットを傷つけてしまったことにやっと気づいた。

「コレット様に無理をさせる行為ですから、なるたけ慎重に進めた方がいいと思ったのです。でないと、俺は絶対にコレット様を抱き潰してしまいます、あなたを朝が来る前に寝かせてあげられる自信がなくて……！」

ユーリはベッドに頭を擦りつける勢いで謝る。一国の皇帝の深い謝罪に、今度はコレットが驚き、なんとか頭を上げさせようと抱きついた。

「これ以上の謝罪は、大丈夫ですから……！　それに先ほどの口付けも、気持ち良くて、だから無理などしていませんから頭を上げてくださいっ」

すごいことを口走った気もするけれど、とにかくユーリの体を張った全力の謝罪をどうにかやめさせたかった。

ふたりで動くものだから、ベッドが弾みをつけてしまい、ユーリもコレットもぴょこぴょこしてしまう。

必死なときには気づかなかったけれど、一度意識をしたら、なんだか可笑しくなってしまった。目を合わせて笑うと、さっきの暗くなりかけた雰囲気が一気に霧散した。

「……ふっ、すみません。格好悪いところを見せてしまいましたね」

「それは私こそです。必死になってしまい、だ、抱きついてしまいました」

今さら密着を恥ずかしがるコレットを、ユーリは抱きしめた。

「今夜、俺はコレット様が許してくださるところまで触れてみたい……」

はっきりとそう言ったユーリに、コレットは勇気を出してその頬に口付けを贈り返事とした。

抱き合ったまま、ふたりはもう一度そっと意志を確かめるように口付けを交わす。軽く、重ねては離す。

「……今さらですが、俺が口付けをしてしまってよろしかったのでしょうか？」

コレットはユーリにそう聞かれて、なんだか少しだけ可笑しくなった。

「構いません。私は……はじめての口付けが陛下で良かったです。それに、子供を産んで欲しいという方が、もっとすごいことだと思うのですが……」

はっとしたユーリが「確かに」と呟く。

「……申し訳ありません。コレット様のほとんどを俺が奪ってしまうかたちになります」

「謝らないでください。生まれてくる経緯は色々ありますが、歓迎されて誕生した子供にしたいのです。今から私に申し訳ないと思うのは禁止です、陛下からは対価をきちんといただいていますから」

頬を染めたまま微笑むコレットに、ユーリはこれから一国を背負っていく王女の貫禄を見た気がした。

「コレット様に無理はさせません、絶対に」

「……はい。よろしくお願いします。それと、私を可哀想だなんて思わないでくださいね」

思ったら、怒りますよ。そう念を押すコレットにユーリは切なくなり堪らずコレットを抱きしめた。

「俺は、コレット様が国に帰られていつか女王の座に就いたときも、友好国としていつでも一番に支え助けるつもりでいます。それを忘れないでください、ゼイネス帝国はいつまでもサマール国の隣にいることを誓います」

好きだとも、妃になって欲しいとも言えない代わりに、ユーリは未来永劫の国の友好をコレットに誓う。

「……ありがとうございます。サマール国も、これからもずっとゼイネス帝国の良き隣国として存在し続けます。もし帝国がなんらかの危機に晒《さら》されたときには、私たちが助けます。のんびりした国民性だと言われますが、逆を言えば非常に忍耐強いのです。必ずお役に立つでしょう」

ベッドの上で交わす会話にしては硬いが、ユーリとコレットはお互いを助け続ける隣人のような関係になることを望んだ。

これがふたりに許された、将来の誓いだった。

ユーリはコレットの背中に手を添え、覆いかぶさるようにしてベッドへ横たえた。コレットも緊張で体を固くしながらも、ユーリのすべてを受け入れようと息を小さく吐く。

逞しいユーリの肩越しに見る、宿の見慣れない天井に、コレットはいよいよなのかと目を閉じた。

ゆっくりと口付けを繰り返すと、コレットはユーリの首元に軽く手を回した。ただ寝そべっているだけでは、ユーリが自分に更に気を使うだろうと思ったからだ。

大胆な行動は勇気がいったが、更に深くなるユーリからの口付けに、自分の行動は間違いではなかったと安堵した。

お互いの立場を溶かしていくような口付けに、ふたりは夢中になっていく。空気を求めて開いたコレットの唇の隙間に、ユーリが舌を入れるとぴくんと組み敷いた体が反応した。

「……ん……っ、ぁ……っ」

自然に漏れてしまう自分の甘い声をはじめて聞いたコレットは、気恥ずかしさでわずかに涙が出てしまった。それにユーリが気づき、涙を舌で舐め取る。

「……コレット様、無理をされていませんか？」

「無理じゃなくて……あんな声が自然に出てしまって驚いたのです。恥ずかしくて……」

前髪が触れ合うほどの近距離で話をするのも、まだ慣れずに心臓が爆発してしまいそうだ。

「大丈夫ですよ、俺も……コレット様に触れるだけで胸の鼓動が激しくなってしまいます。気をつけていないとがっつきそうになってしまいます。下腹部も……痛いほど反応しています。コレット様だけではありませんから安心して感じたままでいて欲しいです」

コレットからユーリがドキドキしていると聞き、本当かどうか確かめたくなった。回していた腕を外し、手のひらをユーリの左胸に当ててみる。

ドクドクドク……と、シャツ越しにユーリの心臓の鼓動が速い様が伝わってきた。

「……本当です、陛下の心臓もすごくドキドキしています……」

「すごいでしょう？　実はこの部屋を訪ねる前からずっとこうなんです。年上らしく冷静に振る舞ってはいましたが、コレット様とはじめて口付けを交わした瞬間は、実は心臓が止まるかと思うくらいに緊張していました」

格好つけずに自分のために包み隠さず話してくれたユーリに、コレットの慕情は密かに募っていくばかりだ。

「私も、ずっとドキドキが止まりません。それにもし私に変なところがあって、陛下のお役に立てなかったらと考えていました」

ユーリはコレットの額に、軽く口付けを落とす。

「大丈夫です。コレット様におかしいところなんてありません。それに……俺の下半身は今生きてきて一番反応しています。夢や想像ではなく、本者のコレット様を目の前にして、はち切れんばかりになっています」

『はち切れんばかり』と聞き、コレットは嬉しいやら恥ずかしいやらでユーリから目を逸らしてしまった。

「なにも心配しないで……、精一杯コレット様に尽くします」

ユーリは蒼い瞳をまっすぐにコレットに向けて、そう誓った。

コレットの薄く形の良い唇が開き、「はい」と返す。ユーリは返事を聞き届けると、その唇に自分の唇をそっと押しつけ、舌を慎重に差し込んだ。

舌の熱い粘膜の先が触れ合うと、ふたりの体温が同時にかっと上がっていく。

「ふ……あっ……」

舌先を合わせ、熱を感じ合い、コレットは未知の感触に溺れていく。他人の舌が自分の口内をまさぐるなんて通常なら考えられないが、ユーリが相手だとまったく違っていた。決して普段他人に触れさせるところではない場所を許し合うこの行為で、自分がユーリに求められているのだと再確認できたのだ。

なら自分からもと、そうっと伸ばした舌は、すぐにユーリの舌に捕らえられた。

舌を吸い、絡み合わせながら、ユーリはコレットの様子を慎重に見ている。息継ぎがしやすいように唇を離したり、額やこめかみ、頬にも柔らかな口付けを落とす。

「ふふ、くすぐったい……っ」

「コレット様のどこもかしこにも、こうやって口付けを贈りたいのですよ。ここにも」

そう言いながらコレットの鼻先に唇だけで触れると、コレットは小さく笑い、緊張が少しずつ解けていった。

ユーリはコレットと唇を合わせているだけで、自分で発言した通りに下半身がはち切れそうになっていた。こんなに血が集まり大きくなったものを、本当にこのコレットの薄い腹の中に収めることができるのだろうかと考えた。

同時に、その瞬間を想像しただけで腰の辺りが更に重くなる。それは射精の前の感覚で、抱き合い唇を合わせただけで達せそうな自分に内心驚いていた。

このままではいつか理性が焼き切れてしまう。それではいけない、今夜はコレットに尽くすことだけを考えろと、心の中で自分に強く言い聞かせる。

今夜は最後まで、できなくていい。

コレットの体に触れ、自分の体に慣れてもらえればとユーリは思う。それに、コレットが受け入れる負担が少しでも減るように、何日かかけて少しずつ指での挿入からはじめたいと思っていたのだ。

「ふっ……ぁっ……」

口付けの合間に漏れるコレットの無意識の甘い声に、その覚悟が揺らぎ、理性が吹っ飛びそうになるのを耐える。

「……苦しくはないですか、嫌じゃない？」

ユーリの問いに、コレットは小さく首を横に振る。

「良かった……。では、少しずつ、触れていきますね」

声をかけながら、唇で触れる範囲を広げていく。不安にさせないよう、ユーリはコレットの髪や肩を撫でる。

耳元に唇を寄せると、コレットは細い体をぴくっと跳ねさせてから、身をわずかによじった。ユーリの首元に添えていた手も、驚きのあまり離してしまった。

「ん……っ、耳も？」

「はい、耳もです。小さくて形がいい……」

耳の輪郭に舌を伸ばして這わせると、「ひゃんっ」と可愛らしい声が上がった。

「……ほんとに、本当に、耳を舐めるのは必要なのでしょうか……あんっ！」

「見て、触って、舐めて……俺がコレット様のすべてを覚えておきたいのです。でも困るならやめます」

コレットは正直困った。くすぐったいのだが、舐められていると自分の体の奥からじわっといやらしい気持ちが湧いて出てしまうのだ。

気持ちいい、他の場所もそうして欲しいと、はしたなくも思ってしまうのだ。

正直耳を舐める行為に疑問はあるが、されて嫌な気持ちではない。

「ほ、ほどほどにお願いします」

コレットの答えに、ユーリは満面の笑みを浮かべた。

耳たぶを軽くしゃぶり、首筋に唇を掠める。空をさまようコレットの両手は、ユーリの両肩を掴むことで落ち着いた。

ユーリから与えられる刺激を感じるたびに、肩に置いた手に力が入る。首から鎖骨にも口付けを落とすと、コレットは「あっ」と声を上げた。

コレットの綺麗に浮いた鎖骨、感じるたびに体が仰《の》け反り目の前に晒される白い首筋に、ユーリは唇や舌を執拗に這わせる。

まるで自分のものだという印でもつけるように執拗に、念入りにだ。そうすることで、ユーリは自分の中に、コレットは最大限に尽くし、更に大切にすべき存在なのだと刻みつけていく。

「……着ている物を脱がしていきますね」

ユーリはコレットのガウンを脱がせ、ネグリジェ一枚の姿にした。そうして自分もすぐにシャツを脱いだ。

改めて目の前に晒された、コレットの眩しいほど白い胸元や手足。小さく身動ぎするたびにネグリジェの下で動く乳房のふたつの膨らみ。

首から胸元に続く薄い肌に、ユーリは堪らずに息を呑んだ。

「ネグリジェも、少しずつ脱がせます。でもこれ以上は脱がされたくない、触れられたくないと感じたら俺の髪を引っ張ってください」

「髪、ですか？」

「ええ。髪を毟《むし》るほど強くでも構いません。言葉ではやめてと言いづらいかもしれないので、髪を毟り殴ってください」

「陛下を相手に……？」

ユーリは本気のようで、真剣な顔をして頷く。コレットは大変なことになってしまったと思いながらも同意をした。


ひとつずつ、ネグリジェのリボンを解いていく。ひとつ結び目がほどけるたびに、興奮で上気したコレットの体がユーリに晒されていく。

コレットの体は、リボンの紐がはらりと肌を掠める感覚も拾ってしまうほど、敏感になっていた。

器用なユーリの手によって、すべての結び目は解かれた。これを左右に開けば、コレットの豊かな乳房がユーリにすべて見られてしまう。

そのわずかな不安と、期待を込めたコレットの眼差しはユーリをたやすく煽《あお》った。

ユーリはネグリジェに手をかけ、左右に広げた。

すぐ目と鼻の先に晒された、白く豊かなコレットの乳房。丸く綺麗な形で、薄いピンクの頂きがユーリを誘うようにぴんと上を向いていた。

「……綺麗です。すごく……ああ、触れてもいいでしょうか？」

ユーリの問いに、コレットの胸元は大きく上下した。

「大丈夫です……触って」

「傷などつけないよう、そっと触れます」

ユーリは壊れ物にでも触れるように、震えるコレットの乳房に手を触れた。信じられないほど柔らかで、温かい。

「……っ、ふっ……んんっ！」

乳房に触れた手で優しく揉み上げると、コレットの唇から切なげな甘い声が漏れ出す。

乳房はユーリが少しだけ力を込めると、あまり抵抗なくふにゅっとその形を変える。

直に触れたコレットの乳房は、夢や想像よりも何倍も柔らかく最高の触り心地だった。

「吸いつくようで、触れた手を離すのが惜しいです。もっと、もっと、もっと触れたい」

ユーリの大きな手のひらで覆われ、揉まれ、ゆっくりと揺すられる乳房は快感を生み出し、コレットは声を出すのを抑えられなくなっていた。

「あっ、……あんっ……ぁッ！」

硬くなったピンク色の頂きをユーリの指が挟み、大きな快感の波になってコレットを呑み込もうとする。

頂きの硬さに気づいたのかユーリは親指と人差し指で柔らかく挟み、甘い刺激をコレットに与える。

「あぁ……っ！　あ、やぁ」

優しく慎重に指でゆっくりとしごかれると、じんじんと甘い刺激がコレットの理性を剥がしていく。それは甘い毒のようで、コレットの体は今まで知らなかった快感を拾ってしまうようになっていた。

「だめ、そこをくにくにしちゃだめです、変になってしまいます……っ！」

「気持ちがいいのですね……俺もコレット様の乳房に触れているだけで、興奮して頭がおかしくなりそうです」

ユーリは興奮を隠さず、額に汗を浮かせながら詰めていた息を吐いた。

そうして自らの手で捏《こ》ね、硬く可憐な頂きに口付けを落として舌を這わせる。

「やぁ……ッ！　あんっ、あ、あっ！」

コレットは背を仰け反らせ、大きな刺激に翻弄されていた。生温かいユーリの舌がべろりと頂きを何度も舐《ねぶ》る。そのたびに腹の奥が切なくなり、自分の下腹部がなにかでじわりと濡れる感覚に戸惑う。

ちゅうっと頂きを吸われると、堪らず大きな声を上げてしまった。

「……コレット様は、どこもかしこも美味しくて……ああ、素敵です」

ユーリはうっとりとコレットの乳房に吸い付きながら、もう片方の乳房をやわやわっと優しく揉みしだく。

「や、ああっ……、わたし……こんなの知らなくて……。声が、止まらなくて……っ」

「我慢しなくて大丈夫です、今夜は俺が許可を出さない限り、誰も二階には上がってきません。コレット様が声を上げても、俺以外の誰にも聞こえませんから……我慢しないで」

舌の上で転がしていた頂きを、ユーリは優しく歯で挟んだ。甘噛みされたコレットは、子犬のような声を上げて身動ぎする。

「可愛い、どうしてそんなに素敵なんですか……」

乳房から離れ細い首筋にユーリがむしゃぶりつくと、コレットは堪らないとばかりに再びユーリの首に手を回した。

たっぷり愛撫をした、ふたつの乳房に首筋、声を漏らす唇までも、ユーリは時間をかけて更に触れ、舐めて、可愛がっていく。

戸惑っていたコレットも、ユーリにしがみついてされるがままになっている。ユーリはその回された手を取りベッドへ縫いとめると、ふるりと震える乳房にまた舌を這わす。

身動きを封じられたコレットの感度は更に上がり、甘い声を上げ続ける。

「ふ、あっ、ぁんっ、陛下の舌、気持ちいい」

快楽でひたひたにされたコレットは、普段なら絶対に口にできないような言葉を発した。

「自分から気持ちがいいと言えて、コレット様は偉いです。俺は素直に言ってもらえて、嬉しい気持ちでいっぱいです」

甘噛みしながら舐め尽くしていた乳房から口を離し、ユーリはコレットの唇に自身のそれを重ねた。それをとろりとした瞳でコレットは受け入れる。

「ん……んんっ、陛下は、私が、素直に気持ちいいと言えたら……嬉しいのですか?」

「嬉しいです。反応だけでもわかりますが、言ってもらえて安心しました。ふたりで気持ち良くなっているのだと実感ができます」

それを聞いたコレットは、「良かった」と縫いとめられたままのユーリの手に頬擦りをした。

可愛らしいコレットの仕草に、ユーリは奥歯を噛みしめた。そうしなければ、すぐにでも閉じられたコレットの両足を開き、下腹部にむしゃぶりついてしまいそうだったからだ。

愛撫の最中、コレットは無意識に両足をもじもじとさせる仕草を見せていたのだ。

ユーリはコレットの体に絡まるネグリジェを脱がせ、下腹部を覆う下着一枚にした。そうして自らもシャツやズボンを脱ぎ、下着一枚の姿になる。

そうしてもう一度、熱を取り戻すかのようにコレットを抱きしめた。

ユーリはコレットの背中や腹、足の先に至るまで丁寧に触れ、唇や舌でなぞった。

堪らずにコレットが強く声を漏らした箇所は、念入りに甘噛みまでした。

息を切らし、頬を染めて横たわるコレットの、汗でおでこに張りついた前髪を整えてやりながら、ユーリはその耳元で囁いた。

「……下着を脱がせますので、そのまま力を抜いていてください」

「……え、あっ」

ユーリは素早くコレットの下着に手をかけて、脱がせていった。とうとう身に纏う物がなくなり、羞恥で必死に両足を閉じようとするも、コレットの両足の間にユーリが割って入る。

ユーリの体があるせいで足が閉じられなくなったコレットは、両手で自分の顔を覆ってしまった。

「あ、あのっ、いよいよ……なんですね」

コレットの白い肌が、赤く染まる。ユーリは自分の下腹部がもう暴発しそうな気配を感じ取っていたが、我慢をする。

「……いえ、まだです。しっかり慣らさないと、入りませんから」

びくっと肩を揺らしたコレットが、「慣らす……？」と聞いてくる。

「はい。俺のものを受け入れるためには、コレット様のも……触って、柔らかくしないと」

「さ、触るって……!?」

ユーリは自分の身を下へずらし、コレットの下腹部に顔を埋《うず》めた。

すでにそこは愛液でびっしょりと濡れていた。ユーリはぴったりと閉じた肉ひだに、そうっと舌を這わせる。

驚いたのはコレットだ。まさか自分でも見たことのない、そんなところまでユーリの舌が這うとは思わなかったのだ。

「へ、陛下っ！　いけません、そんなところを舐めては……っ、ああ、だめです」

肉ひだは、生温かいユーリの舌にひくひくと可愛らしく反応した。閉じ目に合わせて舌を上下させると、ひだは柔らかくなり左右に開いた。

「いや、見ないで、だめ、舐めないで……っ！」

ユーリの頭を押さえようと伸ばした両手は、ユーリからも伸ばされた両手にがっちりと握られてしまった。

溢れる愛液と唾液を混ぜながら上下する舌は、薄い皮に覆われた花芽にたどり着いた。

皮ごと舌で優しくしごくと、コレットはひときわ高い嬌声を上げた。

「あん、あぁっ、ひ、ほんとうに、おかしくなっちゃう……ッ！」

ついに舌ったらずな話し方になってしまったコレットに、ユーリはもっとうんと優しくしようとした。

顔を覗かせはじめた敏感な花芽には直接触れないよう、周りだけを舌先でつんつんと刺激する。

「は、はあっ、んんっ！　へん、へんになっちゃうっ」

コレットはユーリと握り合った手に汗をかきながら、思い切り力を込めた。

「……コレット様のここ、小さな芽がぷっくりと主張してきて……。可愛い、もっと可愛がりたい」

唇で挟み、花芽を舌で包みながらくちゅくちゅとわずかに吸うと、コレットは太ももに力を入れ仰け反った。

「くっ……、はぁ、ぁあっ、陛下、だめ」

「……気持ち、良くないですか？」

今度は舌先で花芽の先をちろちろと舐める。

「ちが……います、そうじゃなくって……！　気持ちよすぎて、おかしくなっちゃう……

あ、ぁあっ！」

「……そのまま、気持ちいいことに集中していてくださいね」

ユーリは握っていたコレットの手を離し花芽に舌を這わせながら、愛液でたっぷり濡れた蜜口を探し、慎重に指を上下に往復させてからゆっくりと挿入していく。

「ひっ……、あっ、あっ、指が、入って……っ！」

「ゆっくり、入口から少しずつ内側から指で触れて慣らします。どうですか、痛いでしょうか？」

痛いかと聞かれたが、それよりも花芽を舐められた快感の方が強烈だった。

あんなに恥ずかしいと思っていたのに、夢中になって離れないユーリを前にして、許してしまったのだ。

その瞬間から、体は更に快楽を感じるようになってしまった。

「ん、くぅ……っ」

「力を抜いて、上手です。中が柔らかくなってきたので、もう少し奥まで指を入れていきます」

花芽を舌で舐りコレットの気を逸らしながら、ユーリは挿入した指を胎内でゆっくりと慎重に動かしていく。はじめは硬く感じた肉壁も、溢れる愛液と丁寧なユーリの指にほぐされて柔らかくなってきていた。

中からも快感がわずかに生まれ、花芽への刺激と中でなぞられるユーリの指の動きでコレットの快楽は止まらなくなっていた。

愛液で濡れ、つんと立ったピンクの花芽への刺激で、蜜口が締まる、コレットの下腹部をユーリは思う存分に堪能していた。

溢れる愛液はすべて舐め取りたい、震える花芽をいつまでも舌で愛でたい、指先で触れる肉壁に、いつか自分のものを埋められたら……。

ユーリはコレットの反応を見ながら、舌や指に強弱をつけ更に気持ち良くしてあげられる箇所を探していた。

そのうちにコレットは高い喘ぎ声を上げ、腰や足を震わせはじめた。

「……ッ、や、きちゃう、なにかきちゃう……っ！」

ユーリはコレットの変化を感じていた。花芽は芯を持ったように膨らみ、肉壁を触る指は蜜口でぎゅうっと締め上げられていく。

「……このまま、大丈夫、身を任せて……」

「やぁ……ッ、きちゃ……っ、あぁッ、ああっ！」

コレットがひと際高い声を上げ、同時に肉壁がぎゅうっと締まった。

指から伝わるそのきつい感触に、ユーリは自分の下腹部に血が更に集まりギチギチになっていくのを痛いほど感じながら、コレットの表情を見逃すまいと凝視していた。

コレットは生まれてはじめて達し、体を大きくビクビクと震わせてから、ぐったりとした。肩で息をして、汗ばむ体が淡い明かりに照らされている。

その普段の凛としたコレットからは想像もできないなまめかしい姿に、指を抜き身を起こしたユーリはしばし見惚れた。

下着の中でいきり勃つモノに構わず、ユーリはコレットの息が整うのを待ち、乱れた髪を手ぐしで整えた。

「大丈夫ですか、コレット様。よく頑張りました」

コレットは息を吐き、蕩けた瞳でしばしユーリを見ていた。そして。

「……今夜は、あの、しないのですか……?」

いまだに勃起したままのユーリの下腹部を恥ずかしそうにちらりと見て、聞いた。

「俺のモノは、少し大きいらしいので、あと何回か慣らしてからにしましょう」

「でも……」

「俺のことは気にしないでください。自分でしますので。コレット様の身を清める準備をしますから、少し待っていてください……」

ベッドから下りてバスルームに向かおうとしたユーリを、コレットが手を伸ばして引き止めた。

「……陛下」

「どうしました？　どこか痛みがありますか」

すぐにコレットを抱き起こしたユーリに、コレットはゆっくりと口を開いた。

「ここが……先ほどからずっと、ここが切ないのです。助けて、陛下……」

コレットはユーリに知らせるように自分のへその辺りに手を当てたあと、抱きついた。

ユーリは、ぐっとコレットを力強く抱きしめる。

「本当に、本当に今抱いてもいいのですか……？」

コレットは小さく頷き、「早く」とユーリを無意識に煽った。

ユーリは再びコレットをベッドに横たえ、丁寧に口付けた。

それから再びコレットの下腹部に、今度は更に慎重に深く指を挿入して、花芽に舌を這わせる。

蜜口から指が三本やっと入るようになった頃には、コレットは二度ほど達していた。ぐったりと体の力が抜け、ユーリから長い時間愛撫を受け続けた下腹部は、また愛液でしとどに濡れていた。

ユーリは下着を脱ぐと、勃起して先からたらたらと透明な液を垂らし、限界まで張り詰めた男性器を手で扱く。

コレットの力の入らない足を広げ自身の体を割り込ませ、愛液で十分にぬかるんだ肉の蜜口に男性器の切っ先をあてがった。

さっきまで執拗に愛した肉ひだを指で広げ、蜜口に切っ先を擦りつける。

「……ここに、ゆっくりと挿れていきます……」

「……あっ」

張り詰めた男性器の先を、押しつける。柔らかくなった蜜口は、はじめこそ切っ先を受け入れなかったが、二、三度それを繰り返すと、くぷ……とわずかな音を立てて先端を飲み込みはじめた。

じんっと、切っ先から腰に広がっていく快楽にユーリは一度目をきつく閉じて射精感をやり過ごす。

「……っ、はぁっ……陛下が……入ってきてます」

コレットも顔を紅潮させて、強い圧迫感に必死に耐えている。ユーリは腰を一度止め、コレットにまた口付けた。

柔らかな肉壁がきゅうっと吸いつくが、やはり男性器と指では質量が違う。男性器は半分まで挿入できたが、コレットが眉を寄せ体を固くするたびに、ユーリは腰を止めて足や腰を撫でた。

「……半分入りましたが、痛みがあるでしょう。慎重にしますが、耐えられないときにはやめます」

「……ありがとうございます。まだ大丈夫なので、やめないで……」

会話の合間にも、切っ先から半分は柔らかな肉壁に包まれていた。コレットが話すたびに震えて、男性器はまた射精感を迎えてしまいそうになる。

コレットの膝を折って摑み、再び腰をじわじわと押しつけていく。

「ひん……っ、あっ、あ、あぁッ」

男性器が狭い肉壁を進むほど、コレットはくうっと声を上げる。ユーリが最後に腰を押し込むと、ぐちゅっといやらしい水音を立てて切っ先は根元まで入った。

「んッ！　あ……ッ、あぁ……っ」

「……根元まで入りました。ありがとうございます、コレット様」

コレットは、言葉にならないようで、こくこくと頷いた。

「少し慣らしましょう……ここで、俺の形を覚えて」

ユーリはコレットの膝から手を離すと、挿入したままコレットを抱きしめた。

「……中に、陛下が……痛みますが、ぴくっと動くのがわかります」

「コレット様は感度がいい……。それに温かくて、ずっとこうしていたい」

ユーリはコレットの首元に顔を埋めてから、紅潮した頬に唇を寄せた。

少しの間抱き合っていたが、ユーリの男性器はまったく萎えることはない。

「大丈夫です、痛みに慣れてきたみたい。動いてください、陛下」

コレットの言葉に、ユーリは上半身を起こした。汗をかき、髪をかき上げる男っぽい仕草に、コレットの心臓は締めつけられる。

ゆっくり浅く抽挿をはじめると、肉壁が男性器にぎゅうっと絡みつき、温かく締め上げる。

「……っ、気持ちが良くて、すぐに達してしまいそうだ」

「陛下も、陛下も気持ちが……良くて嬉しいです」

ふふっとコレットが笑うたびに、繋がったところから振動が伝わりユーリは達してしまうのを耐えた。

蜜口から変わらずとろとろと溢れる愛液で、抽挿のたびに淫らな水音が立つ。

「今日は強くはいたしません、慣れるまでゆっくり繰り返します……っ」

抜けるギリギリまで引き抜き、またじわじわと腰を押しつける。時間をかけて繰り返す抽挿に、痛みを感じていたコレットもだいぶ慣れたようだ。

「はあっ、んんッ……！　あ、あぁっ、お腹の奥にっ、陛下を感じます……っ」

「俺も、コレット様を感じます……狭くて、俺のモノを締めつける……」

コレットをゆるく揺さぶるたびに、ユーリの腰は切なく重くなっていく。そのうちに、どうにも逃せない大きな波がやってきた。

「……もう、達します。少しだけ速く動きます」

「あぁっ、あんっ！」

肌が更にぶつかり、繋がりが深くなっていく。

「……くっ、ふ……っ」

ユーリの汗が、ぽたぽたとコレットの薄い腹に落ちる。

「ひっ……あぁっ、……なか、中が熱い……っ」

「……一緒です、俺も、熱くて……っ」

出し入れを繰り返した肉壁はふわふわの柔肉になったり、かと思えば男性器をぎゅうっと締めつける。

ふるふると揺れる乳房、汗をかきしっとりとした肌、甘く蕩けたコレットの表情が堪らない。

ユーリは完全に、コレットが褥で見せる淫らで可愛らしい姿にのぼせた。

「ずっとこうしていたい、コレット様をこの腕の中に閉じ込めて、一日中睦み合って……」

そう言い、上半身を折りコレットを抱きしめる。コレットもまた、ユーリの首元に腕を回した。

「陛下、へいか……っ！」

好きだと言えない代わりに、コレットはユーリに回した腕に力を込めた。

唇が重ねられ、ユーリはコレットをひと際強く抱きしめて中で達した。

ふたりで吐く荒い息、脱力した体を重ね合わせると、コレットの胸はいっぱいになり瞳からひと粒の涙が流れた。

朝までベッドで抱き合って眠り、早朝にユーリは自分の部屋に帰っていった。


翌日の夜。

コレットはユーリと共に温泉に浸かっていた。

離れに造られた特別な浴場で、ここは王族以外使用できないという。

いくら肌を合わせたとはいえ、入浴はまた違う気恥ずかしさがある。しかしこの浴場は露天で、入浴しながら星が見えるという話を昼間、ユーリから聞かされたのだ。

昨日の熱がまだ体の奥で消えることなく燻《くすぶ》り続けているのを、コレットは感じていた。また、ユーリも同じだということを、向けられた熱い視線から察していた。

誰もいない場所で素肌同士が触れ合えば、どうなるかもわかっている。

わかっているから、誘ってくれたユーリにコレットは「星を見たい」と返した。

「実は……、俺の両親もここの温泉を気に入っていたんです。ここから見える景色も良くて湯の温度も少しぬるくて、星見をするにはちょうどいいのでコレット様にも知って欲しくて」

パシャリとお湯を手のひらですくって、ユーリがコレットに微笑む。

「……言われてみれば、確かに。昨日使わせていただいた温泉の方は、もう少し温度が高かったような気がします」

平静を装い返事をして星空を見上げてみたけれど、内心ではやはり恥ずかしくて仕方がない。綺麗な星が湯煙に霞むのを、ドキドキしながら眺める。

普段の入浴時は侍女に体の隅々まで見られても気にしないが、相手がユーリとなればまったく違う。勝手に体が熱くなり続けて、すぐにでものぼせてしまいそうだ。

しかし、立ち上がれば裸を見られてしまう。一度すべてを見せてはいるが、あれはベッドの上であって夜空が見える浴場ではない。

星が見えるようにと欲情の隅に置かれた明かりは最低限に絞られてはいるが、のぼせはじめた頬に気持ち良く当たる冷たい風が、ここはすぐ外に繋がっているのだとコレットに強く意識させる。

(塀のすぐ向こうは外、真上は空なのに、裸で陛下と一緒に温泉に浸かっているなんて……！)

意識することが多すぎて、コレットはもうなにを話してどう動いたらいいのかわからなくなってきていた。それに、ユーリがそんなコレットから目を離さないのだ。

「あ、あの陛下、そんなに見つめられては困ります……！」

「湯に浸かって濡れたコレット様も綺麗で、目を離せないんです。もし目を離した隙にでも可愛らしいお顔をされていたら、見逃したことを一生後悔しそうなので」

そう言って、濡れた前髪をかき上げるユーリの艶かしく逞しい体に、昨日気づかなかった古い傷痕があるのを見つけた。

コレットはそれと似たような傷痕が父にもあることを思い出した。

「この傷痕は、傷んだりはしませんか？　父も昔、矢が当たった傷痕が肩にあって、今もたまに痛くなると言っていました」

父の傷痕に触れたように、コレットは無意識にユーリの傷痕に手を伸ばして触れた。

そうして父とは違う張りのある肌の感触に、相手がユーリであることをハッと思い出した。

「……っ、不用意に触れてしまい、申し訳ありません！」

慌てて離れようとするコレットを、ユーリは腕を伸ばして抱きしめる。

バシャリとお湯が大きな音を立てた。

「……離れないでとお願いをしたら、コレット様を困らせてしまいますか？」

ユーリの欲の炎が灯った瞳を見て、触れ合った肌の熱が一気に上がる。ユーリの腕の中で、コレットは首を小さく横に振った。

「……困りません、陛下」

そう返事をすると、蒼い瞳が嬉しそうに細められる。

「実は、この温泉に入ると子宝に恵まれるという言い伝えもあるのです。信じてはいませんでしたが、コレット様があまりにも可愛らしいので……そうなればいいなと思っています」

軽く重ねられた唇に、コレットはそっと瞳を閉じて応えた。

そうしてふたりきりで、また濃密な夜を過ごした。

三日目。馬車にまた、荷物が積まれていく。

コレットが執事長に挨拶をして、ユーリのあとを馬車まで歩いていたときだった。

ふと、足元の雪の中に、なにか小さな物が落ちているのに気づいた。

(木の実だったら、記念にいただいていこう)

すっとしゃがみ、手に取ると……。

――それは、小さな木彫りの馬だった。

コレットは驚き、心臓がドキリと跳ねた。

(どうして？　昔ミゲルから貰った物は、サマールに置いてきたのに……。ううん、違う。似ているけど、よく見たら私の持っている物とは違う……)

まるで同じかと見紛うような、姿形。

(この辺りのお土産物なのかしら……)

手のひらに乗せたそれを、コレットは自分の外套のポケットへ入れた。

三章

城に帰ってきてからも、ユーリはコレットの都合や体調の良い夜には、彼女の部屋を訪ねた。

コレットの体はずいぶんとユーリに馴染み、またユーリの入念な慣らしもあり、挿入の痛みなどは徐々に感じなくなっていた。

熱く抱き合い果てても、ユーリは一度果てたくらいではコレットを寝かせてはくれない。

今、ベッドの上で軽く四つん這いにさせられているコレットの濡れた蜜口からは、ユーリが放った精液が滴り落ちている。

「……ああ、流れてしまっていますね。俺が指でまた中に戻しますので、そのままの格好でいてください」

ユーリは精液を掬い取り、コレットの蜜口から中へ戻し肉壁に擦り込む。何度も何度も、くちゅくちゅと精液がぬかるんだ中へ戻される。

「や、音を大きく立てないで……、あ、あんっ！」

淫らなユーリの指の動きに、コレットの腰がびくびくと跳ねてしまう。そのたびに、ユーリはコレットの丸く白いお尻に口付けた。

コレットは下腹部を晒した自分の姿に恥ずかしくなるが、ユーリがその姿に興奮しているので耐えている。ユーリがお尻の肉に甘噛みすると、快感が電流のように走った。

「あ、あぁっ！　噛んだら、だめ……！」

「でも、コレット様からはまた愛液が溢れてきました。ああ、さっき戻した精液も混ざって戻ってきてしまったようです」

ユーリは揺れるお尻に甘噛みを何度かしたあと、迷いもせずにコレットの愛液と自らの精液が混ざったものを舐め取りはじめた。

こんな格好で後ろから舐められたことがなかったコレットは、泣きたいのに気持ち良さが勝ってしまっていた。

ユーリはコレットの柔らかなお尻を割り開き、溢れる液体や太ももに垂れた愛液を丁寧に舐め取る。伸ばされた舌は大きく尖った花芽までもつつき、もうユーリには自分のすべてを見せてしまった気持ちになっていた。

「あ、あ、あん、ふあ、やぁ……ッ」

腰がガクガクと揺れるのを、自分でも止められない。ユーリはじゅるじゅると、舌で蜜口をかき回す。

「……今度はこぼれないよう、もっと奥に放ちます。コレット様、俺をもう一度受け入れてください」

コレットの返事を聞かないまま、ユーリは勃起が収まらない男性器を、自分で舐めて綺麗にしたコレットの蜜口に押し当てる。濡れてユーリを受け入れることに少しずつ慣れた蜜口は、切っ先を以前より抵抗なく飲み込んでいく。

「入って……ッ、ああ……っ!」

何度も受け入れたといっても、ユーリの大きな男性器に変わらず緊張して、息が一瞬詰まってしまう。

いつもと違う体位では、まだ知らなかった肉壁のいいところに男性器が当たるようになっていた。はじめての刺激に、コレットは堪らずシーツを思い切り掴む。

「ひゃっ、あっ、あん……ッ」

「今度は、少しだけ強く動きますね……。ああ、絡みついてくる」

ユーリはコレットの細い腰を掴み、男性器を蜜口ギリギリまで引き抜き、再び最奥まで押し込んだ。すでにぬかるんだ肉壁は、男性器に絡まり締めつける。

力強いのに乱暴に感じないのは、常にユーリがコレットを最大限に気遣っているからだ。コレットが本気で嫌がれば、ユーリはどれだけ自分が興奮していても行為をやめる。

またコレットが快楽に身を任せていく姿を決してからかったりはしない。それは自然なことだと囁き、嬉しいと抱きしめてくる。だからコレットは、安心してユーリに身を任せることができた。

この体位もかなり恥ずかしいが、ユーリから背中を撫でられると声が上がってしまう。繋がった場所が丸見えになっているだろう。ユーリはそれを、じっと見ているに違いない。

想像しただけで、勝手に下腹部が切なくなり力が入ってしまった。

「コレット様はお尻も、白くて本当に綺麗だ……。許されるなら、強く吸って跡を残したいくらいです」

ユーリはそう言いながら、コレットの腰からお尻を撫でる。撫でながら腰を押しつけ、コレットを揺さぶる。

「……っ、あぁぁッ……！」

突かれるたびに腹の奥が切なくなっていく。のしかかられ、片方の手のひらで大きく乳房をまさぐられると、普段は自分に優しすぎるユーリの〝男〟の部分を感じて、コレットの羞恥心は徐々に剝がされてしまう。

抱きしめられたい、甘えたい気持ちが強くなり、甘い声を上げてしまう。

それを合図に、ユーリの抽挿の速度が上がっていく。肉壁のいいところを突かれ、コレットの膝は震えだしてしまう。

ユーリは乳房から手を離し、コレットを掬い上げるように下腹を支えた。

「……大丈夫ですか、コレット様」

「はい……、だいじょうぶ……です」

息が整い膝の震えが収まると、またゆっくりと抽挿がはじまった。

粘膜が水音を立てて絡み合う。コレットの嬌声は止まらなくなり、背中に汗をかく。それをユーリにべろりと舐められて、快楽がゾクゾクと走る。

「……だめ、だめ、なんか、きちゃう……っ！」

「心配しないで、大丈夫。俺も一緒です……一緒に……っ」

ユーリの声に、頭が痺れる。

「陛下と、一緒……」

「そうです、俺と一緒に、もっと気持ち良くなりましょう」

繫がっている場所を指で後ろから撫でられ、コレットはこの行為を猛烈に意識した。

ユーリに抱かれて、とろとろに蕩かされて、王女ではないただの女の部分を丁寧に暴かれる。

「んんっ、きちゃう、きちゃう、あ……ッ！」

最奥を突かれ、コレットはシーツを握る手に力が入ってしまう。

じわりと再び熱いものが中で広がる感覚がして、ユーリの男性器が中でビクビクと動いているのも同時に感じた。

ずるり、と男性器が抜かれ、コレットの体からは一気に力が抜けてしまった。ぽすんとベッドに横になり、まだ瞼の裏がチカチカしたまま荒い息を吐く。

そこに、ユーリが覆いかぶさる。

「……コレット様、また俺がちゃんと綺麗にします。そのまま楽にしていてくださいね」

そう言いながらコレットの太ももを割り、ユーリは自分の舌を濡れてひくつく下腹部に嬉しそうに伸ばした。

日々ユーリの温かな手で輪郭を確かめるようにまさぐられ、熱い視線に蕩かされていく。

その熱は驚くほどに自分の肌に馴染むので、コレットはなんだかたまに切なくて泣きたくなった。

コレットがサマール国から帝国へやってきて、二ヶ月半が経とうとしていた。

やってきた頃、夏の去り際だった季節は、あっという間に駆け抜け冬を連れてきていた。

日常的に着るドレスは困らない程度に持ってきていたが、ユーリが城に仕立て屋を呼び何着も冬用の生地を重ねたドレスをプレゼントしてくれた。

何着も、そんな短時間でドレスが完成するのは通常ではあまりない。一体どれほどのお針子たちが関わってくれたのかを考え、お礼を伝えて大切に着ることにした。

ユーリはコレットにとにかく体を冷やさないようにと、更に色々と用意してくれる。それにカイゼルも関わっているようで、『陛下は王女殿下が風邪でも召されたら大変だと言い、国中の羊の毛を刈り加工して城中に敷き詰める勢いです』と笑いながらこぼした。

真冬に毛を刈られたら、羊もたまったものではないだろう。それは全力で止めて欲しいと、コレットはカイゼルに頼んだ。

カイゼルはララの淹れる紅茶がすっかり気に入り、貴重な茶葉を持参してはララに渡している。ララも自分の腕前を毎度カイゼルから褒められて嬉しそうにするので、見ていて微笑ましい。

ふたりがもし……と考えるが、ララは純粋に腕前を褒められたことだけに喜んでいる可能性もあるので、コレットは注意深く様子を見ている。

日中、執務に追われるユーリと違い、コレットはサマール国にいたときよりも時間に余裕ができていた。

部屋から外を見れば、鈍《にび》色の重い空から絶え間なく雪が降り続け、見渡す限りを白く染め上げている。

部屋は暖炉のおかげで暖かいけれど、窓辺に寄ればひやりとした冷気を肌で感じる。指先で窓に触れれば、びりっと直接寒さが体に伝わってきた。

(去年の今頃は、狩猟や森の見回りに来年の作付けの計画、冬になっても変わらず各地から集まる道や水路の修繕要請への対応など……お父様に仕事を分けてもらって勉強していたわ)

雪で閉ざされる冬でも、人々はそれをかき分け働いている。コレットもそれは同じで、時には自ら視察のために遠出をすることもあった。

父王は、皆はどうしているか、帝国へ来てから考えない日はない。寂しい気持ちもあるが、やはり心配の要素が大きかった。

来年に備えるための話し合いは、例年よりも慎重になっていると予想される。今回のような予想外で規模も大きな援助は、今後そう簡単には国として受けられないからだ。

一国としても、今度こそは自国の力で乗り切りたいと強く思っている。今回はそれを根底から考え直す、大きな機会となった。

貿易を学びたいというコレットの申し出を、ユーリは快諾した。ただゼイネス帝国とサマール国では地形も特産物も違ってくるため、まずは帝国とサマール国間で輸出入の更なる強化をはからないかと提案された。

サマール国から輸出される冬の毛皮は数が限られているが、人気が高い。だからと言って動物の乱獲はできないので、価値と共に単価を上げるために更なる品質の向上が必要となる、と。

人間は、希少性があるものを好む傾向がある。誰も持っていない、あるいは持っている人間が少ないものを所持すると、自分の価値までも底上げされたように感じるものだとユーリは語る。

コレットも自国の、皮製品を作る工程に更なる技術の向上を見込めると感じていた。それには伝統的な技法を守りつつ、先進的なものも取り入れていく必要がある。

会食やお茶の際、そしてたまにコレットが図書館で読み物をしているところにユーリが様子を見に来た際などで、ふたりが繰り広げる建設的な会話に、貴族たちは感心しながらコレットの学びを応援していた。

そうして、無意識にお互いを優しい眼差しで見ているふたりを思い、こう言うのだ。

――陛下の元に、コレット王女殿下が嫁いできてくださる方法はないものか。

皆がそわそわとふたりを見守っている。

城のメイドから噂話としてこの話を聞いたコレットの侍女は、同時にユーリに関するもうひとつの話を聞くことになる。

――しかし陛下を慕っていたクローネ公爵令嬢との婚約を、陛下は破棄した。王女殿下とのことは、もっと慎重にならなければ。

ユーリは二十七歳。今まで結婚の話が出ていてもおかしくないが、コレットの侍女ララは自分の主がこの話を知っているのか気になった。

しかし自分が知ったからには黙っているわけにはいかない、〝ある理由〟があったのだ。

ララは平静を装っていたが内心では大慌てで、カイゼルから貰った甘く小さなキャンディを密かに口に放り込み、ため息をついた。

その夜ユーリは視察に出ていて、城を空けていた。出かける前もコレットの部屋を護る衛兵を増やし、城内を散策するときには必ず騎士を付けるようにと、自分の騎士の半分を残していった。

ゼイネス帝国に加護を与える狼の影響を強く受けているのか、ユーリは肌を合わせた夜からコレットに過保護気味になってきている。

狼は愛情深いと知っていたが、ここまでとはコレットは思っていなかった。

それこそ人の目があるときには冷静に振る舞っているが、コレットとふたりきりのときのユーリは、独占欲を隠さないことに気づいた。

コレットを自分の腕の中に収め、朝が来るまで離さない。早朝ユーリが自室に帰るときも、一度出たのに再び戻ってきて、『あと十分お側に置いてください』とベッドへ連れ戻されたこともあったのだ。

手ぐしでコレットの髪を整え、寝間着をきちんと着せて、最後には優しい触れるだけの口付けを落としていく。

まるで宝物のようにコレットを大切に扱うユーリの行動に、コレットはいつか別れの日に自分の心に大きな穴が空くことを覚悟しながら身を預ける。

好きな人に、優しくされて嬉しい。

限られた期間の中でしかこうして一緒にいられないのだから、一生分の思い出をここで作っていこうと決めた。その思い出を心の宝箱に大切にしまったまま、サマール国へ帰ろうと。

コレットも少しずつ変わっていくのを、侍女のララは見守っていた。自分の主の幸せを願うララは、帝国でも献身的に尽くしている。

悪い話はコレットの耳に入れたくはないが、必要な話となれば黙っているわけにはいかなかった。

入浴を済ませたコレットの髪を丁寧に拭きながら、他の侍女が別室で飲み物を用意している隙にララは昼間聞いた話を打ち明けた。

コレットは驚いたが、自分にしか勃起しない体のユーリが、公爵令嬢との結婚を断ったことを不思議だとはあまり思わなかった。

……ただ、その話が後腐れなく終わったのかは、とても気になった。

「陛下と以前、結婚のお話が持ち上がった公爵令嬢様ですが……。クローネ公爵令嬢はローン公爵子息の妹にあたる方です」

ドレッサーの鏡に映るコレットが、大きな瞳を更に大きくして驚いている。

「それは初耳だわ、驚いた……！　カイゼル様に妹がいたこと、ララは知っていた？」

「いえ、知りませんでした。ローン公爵様や子息様には城でお会いしますが、ご令嬢はお見かけしたことは一度もありません」

「そうよね。私も陛下やカイゼル様からも妹の話は聞いたことがなかったわ。……隠していたのかしら」

　鏡の中で、ふたりの視線が合う。

「断言はできませんが、コレット様がここで過ごすには余計な話なので、伏せられた可能性もなきにしもあらずですね。ただ……」

「ええ……。明日、そのクローネ様からお茶会に招かれているのよね」

　ゼイネス帝国の貴族から、コレット宛に日々お茶会の誘いが届いていた。すべてに応じることが難しく、その対応は侍女たちが行っていた。

　ただ、公爵令嬢からとなるとわけが違う。王族の親戚のような公爵家の誘いは無下にできず、コレットに報告をしてお茶会へ参加することになっていたのだ。

　ユーリとクローネ公爵令嬢の間にどんな風に結婚話が持ち上がり、またなくなったのかはわからない。

「公爵令嬢様から見たら、私は帝国に留学中の隣国の王女ってだけよね。だから一度お茶会に誘ってくれたという認識でいるのだけど……」

　ララはコレットの絹のような滑らかで豊かな髪に慎重にくしを通しながら、少しだけ難しい顔をした。鏡に映るその顔に気づき、コレットはララに聞いてみる。

「ララ、難しい顔をしてる。正直に今思っていることを言ってみて」

ララは多少言いよどんだが、主の問いには素直にならなければと口を開いた。

「……コレット様と、皇帝陛下ですが、とても良い雰囲気に見えます。対等のお立場だからこその会話、おふたりとも自国のためにとても熱心で……。貴族からは、コレット様をどうにか陛下の妃に迎え入れる方法はないかとの声が上がっているようです」

「えっ？」

コレットは驚いて、上半身ごとララに振り返った。ララは濃い茶色の瞳を困ったように揺らしている。その表情で、これは冗談ではなく本当の話なのだと悟った。

「しかし破談になったという公爵令嬢様は、陛下を慕っていたとかで……コレット様と陛下のことも慎重にと」

頼りになり、容姿も抜群の若き皇帝であるユーリに、想いを寄せる女性は多いだろう。公爵令嬢がユーリを慕っていたと聞き、コレットは冷たい手で心臓を摑まれたように感じ、額に冷や汗をかいた。

もし、まだ公爵令嬢にユーリを想う気持ちが残っていたなら、噂になっているコレットが滞在している城には行きたくないだろう。

しかし、気になるのではないだろうか。

ごくりと、唾を飲む。

「ララだったら……、例えばララだったら、結婚話を破談にした相手が、そのあと他の女性と親密にしているようだと聞いたら……どう思う？」

「それはちょっと、やっぱり多少はお相手がどんな方かは気になります。機会があれば、お顔くらいは拝見してみたいかも……」

それが、明日のお茶会なのだ。そう、コレットとララの頭には即座に浮かんだ。

しばしの沈黙。それから、コレットはララの手を摑んだ。

「ララ、明日は絶対に一緒に公爵邸に来てね……！」

「行きます。コレット様と一緒に必ず行きますとも」

「本当よ？　絶対に約束よ？」

ユーリとは恋人関係ではないけれど、子供を作るために肌を合わせ、名前のつかない関係になっている自覚がコレットにはあった。

以前よりもずっと素直な気持ちでユーリに接することができているし、またユーリがそれを喜んでくれているのもわかっている。

けれど、自分たちは決して結ばれない。

でも、もし。いつかユーリの体が治り、やはり妃が必要だとなったときには……再び公爵令嬢が妃候補になる可能性があるだろう。

（それに、陛下のお体が不調ではなかったら、きっと公爵令嬢が陛下の隣にいたんだわ……）

自分が今身を寄せているこの城で暮らすのは公爵令嬢で、自分がこれから身ごもる後継者は、公爵令嬢が産んでいたかもしれない。

ユーリを奪ったつもりはないけれど、まったく気にしないほど厚顔無恥なつもりもない。

明日のお茶会。なにかひと波乱がありそうな予感がして、コレットは椅子に座ったまま天を仰いだ。

翌日の午前。変わらず雪が降り積もる中、城まで公爵家の馬車がコレットを迎えに来てくれた。白馬の二頭立てで、馬は冷たい空気の中で背中辺りから汗をかいて湯気を立てていた。

「綺麗な飾り細工を凝らした馬車ね。素敵だわ。それに馬の筋肉のつき方も綺麗、まつ毛も長くてとても可愛い」

「そうですね。帝国はどこも道が整備されているようですから、凝った造りの馬車をよく見かけます。それに馬も、どこか都会的な顔つきをしている気がします」

ララも馬を見て、可愛いと言う。

「ふふ、都会的な顔つきですって。サマール国では森の付近は開拓を禁止されているから、大規模に整備されている道は少ないものね。こんな素敵な馬車でサマール国を走ったら、あちこちの飾りがぽろりと落っこちてしまうわ」

凹凸のある道に、ぽつりぽつりと装飾が落ちているのを想像してしまう。実際、サマール国を通過していく他国の馬車の主はそれを知っているからか、無骨で丈夫な飾り気のない馬車ばかりを走らせる。

コレットはサマール国に置いてきた愛馬を思い出し、馬車に繋がれた馬に目を細める。馬もコレットに興味があるのか、長い首を後ろに伸ばしていた。

残していく侍女たちや城の衛兵や騎士に見守られながら馬車に乗り込もうとすると、昨夜遅くに帰ってきたユーリが遠くから軽く走り寄ってきた。お付きの近衛騎士も一緒についてくるものだから、なにごとかと皆の注目を一斉に集めた。

「陛下？」

突然のユーリの登場に驚いたコレットが声を上げ、馬車に乗り込むのを途中でやめる。ユーリは馬車に乗り込むためのステップで動きを止めたコレットが危なくないよう、すぐに背中にそっと手を添え支えてくれた。

「驚きました。昨夜は帰りが遅いようでしたから、陛下はまだお休みになられているのかと思いました……」

「睡眠はしっかり取りました。今日はどうしても外せない仕事がこれからあり、コレット様のエスコートができなくて申し訳ありません。せめて見送りだけでもと、こうして急いでやってまいりました」

ユーリはにっこり笑って、コレットを見上げる。

「お見送り、ありがとうございます」

乗っているステップの高さの関係で、今はコレットの方がユーリよりも若干目線が高い。いつもは見上げるばかりなので、新鮮な気持ちに悪戯心が湧いた。

「陛下、私が帰ってくるまで待っていてくださいね」

コレットが一国の王女らしく高潔に振る舞うと、ユーリは途端に瞳を輝かせた。

「待っています。できればお迎えに上がりたいくらいですが、できそうにないのが非常に残念です……っ」

（あれっ、冗談が上手いと軽く笑ってくださると思ったのに、違う反応をいただいてしまったわ。まるでこれでは主人と飼い犬のよう……）

口では残念がりながらも、『待っていてください』と言われて本気で嬉しそうなユーリの表情に、コレットは若干戸惑いながらも馬車に乗り込む。

馬車の窓の外からはユーリが手を振ってくれているが、コレットには見えるはずのない尻尾まで見えるような気がしてしまった。

公爵邸は城から馬車で三十分ほどの場所にあり、辺りでは一番大きな屋敷に見えた。屋敷をぐるりと囲む立派な塀に、正面には真っ黒な大きな鉄門がある。

門をくぐり、広大な庭を二分ほど進むと玄関に辿りついた。そこではカイゼルと使用人たちが出迎えてくれていた。

「ようこそいらっしゃいました、コレット様！　妹が中で待っています」

にこやかに迎えてくれたカイゼルに、コレットは微笑み返す。

「今日は公爵令嬢様からお茶会のお誘いをいただき、ありがとうございます」

「いえいえ！　あいつもコレット様と一度お会いしてみたいとうるさく言う割には招待状ひとつも出さないものですから、自分がせっついたんですよ」

得意げに話すカイゼルに、コレットとララは小さく目を合わせた。

（カイゼル様が、余計なことを……！）

もし公爵令嬢がいまだにユーリを想っていたとしたら、カイゼルが背中を押したのは本当に余計なことだ。黙っていたり背中を押したりと、一体どういうことだろう。

公爵令嬢からの遠回りの嫌味などは、言われる覚悟をしてきた。彼女の気持ちのやりどころがないなら、自分に当たってくれても構わないとコレットは思っていたのだ。

コレットは令嬢に同情しながら、カイゼルの案内で屋敷に入っていく。

玄関ホールの中央には目を見張るような巨大なシャンデリアが吊るされ、邸内はあちらこちらに豪華な装飾品が置かれ、贅が尽くされている。

改めて、ローン公爵家の手腕と財力を見た気がした。

そのうちに、応接間の前まで案内された。カイゼルは気軽な雰囲気で、「妹が待っていますよ〜」なんて言っている。

コレットの心臓は緊張できゅうっとなったが、ちらりと振り返り、後ろに控えたララの顔を見て自分を奮い立たせた。

(時と場合によっては、これははじまりに過ぎないわ。これから同じように、陛下を慕っていた令嬢たちからお茶会に招待される機会があるかもしれないのだから!)

今まで侍女が慎重に選別してはじいた招待状の中にだって、もしかしたらコレットを品定めしようとするものがあったかもしれない。

サマール国の王女であるコレットは、そんな視線は他国では日常茶飯事に受けていた。

人を魅了する容姿もあいまり、逆に粗探しをしてやろうとする人間も多いのだ。

だからコレットはサマール国を代表する身として、常にどこにいても気を張り続けている。美しく優しく、勉学に励み完璧な王女として……。

ただ本質は甘え下手で自分に自信がなく、人一倍努力をしないとひとりでは国を背負っていけないと怯《おび》えている。

(公爵令嬢様は私と直接会って、どう感じるかしら)

軽く握った拳に力が入ってしまうのを、小さく息を吐いて逃した。

カイゼルが応接間の扉を開くと同時に、突然目の前に青いドレスを着た女性が飛び出してきた。

「ちょっと、兄様！　わたしが王女殿下の出迎えに行くって言ったじゃない！」

カイゼルと同じ茶色の髪を結い上げ、同じ垂れ気味の可愛らしい瞳を吊り上げて怒っている。身長も高いが、なにより体を鍛えているのがドレス越しでもわかる。しっかりとついたしなやかな筋肉が綺麗だと思った。

「クローネ。王女殿下の前だぞ?」

クローネと呼ばれた女性は、大きなカイゼルの横にいるコレットにやっと気づいたようだ。

コレットとクローネ。ふたりは見つめ合う。次の瞬間にはクローネの顔はすぐに真っ赤になり、瞳を涙で潤ませ泣きだしそうになってしまった。

「コ、コレット王女殿下……っ、失礼をいたしました。ご挨拶を、させていただきます。ローン公爵家長女、クローネと……申します」

しまいには体をがくがくと震わせはじめたので、コレットはとても驚き面食らってしまった。しかしすぐに、震えるクローネの肩に手を添え寄り添う。

「大丈夫ですか、クローネ様。お体の具合が悪いのですか？　どうしましょう、カイゼル様っ、こんなにも震えています」

側にいたカイゼルに助けを求めたが、「放っておいて大丈夫ですよ」と笑うだけだ。

「しかし、クローネ様は震えて……」

「嬉しくて震えてるだけですよ。憧れのコレット王女殿下に直接お会いできて、な、クローネ？」

えっ、とコレットがクローネの顔を見ると、確かに嬉しいのか今度は恍惚とした表情でこくこくと頷いた。

クローネはカイゼルによって、戸惑うコレットから引き剝がされ、ララはすぐにコレットを守るように張りついた。

「驚かせてしまい、申し訳ありません……。昔から嬉しいと感情が抑えられなくなってしまうのです」

カイゼルに肩を抱かれ、本当に申し訳ないという表情を浮かべて謝罪するクローネに、体調不良ではないのだとコレットは心から安心した。

「クローネ様がお元気なら良かったです。それに、そんなに喜んでもらえると私も嬉しく思います」

「ああ……！　ありがとうございます！」

クローネはカイゼルの腕を振りほどくと、さあ！と自らコレットを応接間の中へと案内した。

応接間では、まるで夢のようにケーキや砂糖菓子がセンス良くテーブルに並べられており、すぐにお茶会がはじまった。

部屋には温室で育てたという花がふんだんに飾られ、生花のいい香りに季節が冬だということを忘れてしまいそうになる。

コレットの前に座ったクローネは、顔を赤くしたままニコニコしている。

カイゼルには「お兄様は部屋にお戻りになって！」と言ったが、彼はどこ吹く風で残ったままだ。そして控えるララのほうに寄ってなにか話しかけているが、クローネの話をしてくれなかったことに彼女は怒っているのか、ツンとしているようだ。

クローネの侍女が淹れてくれた紅茶も美味しく、コレットはやっとひと息をつけた気分になった。少なくとも、クローネから憎まれている気配は感じない。

カイゼルが言った通り、理由はわからないが憧れの眼差しを向けられている気さえする。

「クローネ様。今日はこんな素敵なお茶会に招待してくださり、嬉しく思います」

「こちらこそ……、王女殿下はこちらに留学されてから日々忙しくされていると聞いています。今日はお時間を作ってくださり、ありがとうございます……！」

クローネはさっきより落ち着いて、照れたように笑う。

（この方が、陛下の妃候補だったのね）

公爵家は財力があり、クローネ本人も可愛らしい人だ。背の高いユーリと並ぶと、きっと凛としたふたりに見えるだろう。

「クローネ、コレット様にお茶会に来ていただけて良かったな。だから言っただろう？勇気は全力で、思い切り出さないとって」

カイゼルはララに袖にされたのか、クローネの隣の席に自然な流れで座ってきた。

クローネは一瞬嫌な顔をしたが、カイゼルには言ってもどうしようもないと思っているのだろう。小さなため息をついて、なにも言わずに受け入れたようだ。

「クローネはコレット様のひとつ歳下なので、話は合うと思いますよ。なにか帝国で困ったことが起きて、それが陛下にも相談できないようなことだったらクローネを頼ってください。我が妹ながら、頼りになるやつなので」

カイゼルがあまりにもなんでもない風にユーリの話題を出すので、コレットはちらりとクローネを心配して見てしまった。

当のクローネは、『はい？』とばかりにコレットの仕草にキョトンとしている。

（……あれ？　クローネ様は陛下を慕っていたって聞いたのだけど……）

ふたりの間で、「え？」「え？」と言い合うことになってしまった。

このままでは埒が明かないと、コレットは意を決して単刀直入にクローネに聞いてみた。

「クローネ様は、陛下と結婚のお話があったと聞きました。とても慕っていたとも。あの、陛下の話題がここで出てしまうと……お辛くはないでしょうか？」

「おっ」とカイゼルが声を上げると、離れた場所からララが睨んだ。

クローネはコレットの言葉を理解して、急に焦りだしたようだ。カップとソーサーが当たり、カチャンと大きな音が立ってしまう。

「た、確かに、陛下とのそういった話が一部から出ましたが、全力で遠慮させていただきました！　慕っていたというのは、陛下の剣術に、と言った方が正確になります。わたしは武人としての陛下に憧れているだけなので」

わたしは剣術で食べていく覚悟をしているのです！と、剣ダコが重なり皮の厚くなった手のひらをコレットに触らせた。

「すごい、こんなに厚く硬くなって。剣術で食べていきたいというのは、本当なのですね。でも、陛下との結婚のお話を断るのは非常に大変だったんじゃ……」

ここで、ずいっと横からカイゼルが口を挟む。

「破談になったと噂を流したのは、自分です。まぁ実際は婚約もしていませんでしたが。確かにローン公爵家と王族となら釣り合いも完璧ですが、妹まで帝国の犬だなんて言われたくなくて。結婚に賛成派の貴族も多くて困りましたが、父親も陛下も妹も同意してくれたので、これ以上騒ぎにならないよう婚約から破談になったという流れにしました」

「噂を流す？　帝国の犬……？」

一体どういうことなのかと、耳に残った言葉をコレットは繋げる。それに対して、カイゼルはしれっと重要なことを言ってのけた。

「ローン公爵家は、公爵の家門の中でも少々変わってましてね。うちの元の家業は、諜報です。帝国の影と言ったら格好がつきますが、実際は帝国の犬みたいなものです。巧妙に噂を流すなんて簡単なことなんですよ」

諜報……国のために他国の秘密や情報を探ったり、目的のために噂や偽の情報を流したりするのも、その仕事のひとつだ。

以前、ユーリはカンガル国に間者を送っていると言っていたが、それはローン公爵家の人間のことを指していたのかもしれない。

でもそんな重要なことをいきなり聞かされて、コレットは頭の中で冷静になるように努めた。

「……そんな大切なことを、私が聞いてしまってよろしかったんでしょうか」

諜報に関することは、重大な国家機密だろう。そんな話をいきなり聞かされて、はいそうですかと軽く流せるはずもない。

カイゼルは表情を引き締めたコレットと対照的に、にこやかに……ただその瞳の奥は底が知れないほど暗く、どんよりとしている。

（カイゼル様は、陛下の親しい友人ってだけではなかったのね。この人が上手く使い分けているもうひとつの顔は、私が想像できないほど冷酷なものなのかもしれない）

コレットはそれに呑み込まれないよう、毅然とした態度で見つめ返した。

カイゼルは狼狽《うろた》えることのないコレットの姿勢に、満足げだ。隣で妹が今にも牙を向いて、自分に嚙みつこうとしているのも気にならないくらいに。

「はい。コレット様には、いつまでも陛下の味方でいていただきたいので構いません。陛下の味方は、ひとりでも多い方がいいですから」

カイゼルはよどみなく言い切ると、「では！」と言って立ち上がり、颯爽と部屋を出ていってしまった。

クローネは深くため息をつき、コレットに申し訳なさそうに向き合った。

「兄が王女殿下を不安にさせるようなことを言い、申し訳ありません。兄は陛下の元で長く〝仕事〟をしていますから、王女殿下には帝国の味方でいて欲しかったのだと思います。ただでさえ、かつてはひとつの国であったのに、カンガルと帝国の仲は険悪ですから……」

原因はカンガル国の政治が長い間腐敗していることと、それを正そうとする帝国の忠告を、内政干渉だと騒ぐところにあった。

帝国では、カンガルから逃れた貴族や国民の流入が止まらず問題化してきている。サマールでもそういった人々が秘密裏に国境を越えて帝国を目指す道中、森に隠れて火を使い、火事になるなどの問題が起きて頭を悩ませていた。

カンガルの政治に自浄作用が望めないことは、王太子ミゲルによる貴族殺しで決定的になっていた。

「……私は陛下の、そして帝国の良き隣人でありたいと思っています。それはこれからもずっと、サマール国が続く限り」

コレットがはっきりそう言うと、クローネが表情を明るくしたので安心した。

それからクローネは、どうしてコレットに強く憧れているのかを語りはじめた。それはコレットがあの赤毛隻眼の巨大熊を狩ったからで、その弓の腕前と狩りの前線にいたという話に、とても勇気を貰ったのだそうだ。

「帝国にはひとりもいないのですが、女騎士が世界で存在しないわけではありません。わたしは子供の頃から、ずっと騎士に憧れていました。公爵令嬢の身で騎士を目指すのは、おかしな話だと家族以外の人間は言います。しかし……やはり諦められなくて。そんなときに、王女殿下が弓だけで巨大な熊を仕留めたと伝え聞きました。実際に熊の剝製も兄に頼んで城に見に行き……王女殿下に憧れる気持ちが止まらなくなったのです」

照れくさそうに話をしてくれるクローネに、コレットはくすぐったい気持ちになった。得意な狩りを褒められ、嬉しくなったのだ。

「クローネ様、これからは私を名前でお呼びください。これからも仲良くしていただけると嬉しいです」

コレットの申し出に、クローネは二つ返事で頷いた。

「ありがとうございます！　わたしのことも、どうかただの、クローネとお呼びいただけたら……！」

ふたりはその後、コレットのサマール国での狩猟の話やクローネの剣術の話、それから本や紅茶の話に花を咲かせた。

「私がサマールに戻ったら、良かったら是非遊びに来てください。帝国のように賑やかではありませんが、馬に乗って森を散策しましょう」

「コレット様は、馬に乗れるのですか⁉」

「はい。狩猟には欠かせない相棒です。私の愛馬を、クローネにご紹介します」

「わ、嬉しいです！　わたしも乗馬が好きで……。あ、そういえば馬といえば……」

クローネが思い出したように立ち上がり、キャビネットからなにかを取り出した。

「この小さな彫り物は、馬でしょうか。コレット様をお出迎えしようと外に出たとき、鉄門の側に置かれていたのを見つけたのです。あとで兄に聞いてみようと、一度屋敷に戻っていたところにコレット様がいらっしゃって……」

クローネの手には、あの木彫りの馬があった。コレットはゾッとして、それを凝視する。

「あの、この馬の置き物は、たくさん作られる帝国のお土産品などではないのですか？」

心臓が締め上げられる思いで聞いてみたが、クローネはすぐに首を横に振った。

「いいえ。ゼイネス帝国は狼にまつわるお土産品は多いですが、馬は聞いたことも見たこともありません。これはやっぱり馬なんですね！　誰かの手作りなんでしょうか、もしかして落とし物かしら」

りだけ心当たりがある。

──もし。もしこれが量産品でなければ、作った、あるいは作らせた人間にたったひとりだけ心当たりがある。

カンガル国の王太子である、ミゲルだ。

(なにがどうなっているの……？　もしかしてミゲルの仕業なの？)

あり得ないが、ミゲルが帝国に来ていて、コレットの動向を監視している可能性に震える。カンガル国からの援助を断り、ゼイネス帝国の援助を受けたから？

もしかしたら、ミゲルには交換条件の内容がばれている可能性もある。それで怒りを買った……？

ミゲルが昔から自分につきまとい、しつこかったことを改めて思い出してコレットは青ざめた。

「コレット様、大丈夫ですか？　お顔の色が優れませんが……」

コレットは慌てて、クローネの手のひらの馬から目を逸らす。

「ごめんなさい、大丈夫です。実はそれと似た物を帝国に来てから一度見たことがあって、また同じ物だと驚いてしまっただけなの……心配をかけてごめんなさい」

「これと同じ物を？　じゃあ、国民たちの間で流行りはじめているのかもしれないですね。冬になると家にこもる時間が増えますから、その手慰みに彫っているのかしら」

クローネは「あとで外に戻しておきます」と言って、人形をまたキャビネットにしまった。

クローネはまたすぐにお茶会を開きたい、今度は絶対に兄抜きで！と言って、その日はお開きとなった。

公爵家の馬車で城に戻る最中、コレットは窓から見える景色の中からミゲルがこちらを見ているのではないかと目で探してしまった。

城に着くと、ユーリが一番に出迎えてくれた。コレットは心から安心しながらも、一触即発の火種になりかねないと、木彫りの馬のことはユーリに言えないでいた。


その翌月には、コレットには月のものがこなかった。

薄っすらと胸の辺りがむかむかと気持ち悪く、酷い日にはベッドから起きられないこともあった。微熱もあるようで、食欲もない。

ユーリが心配して見守る中、事情を知る医師の診断から、コレットは妊娠しているようだとわかった。

「……お腹に陛下の赤ちゃんが？　なんだかまだ実感が湧かなくて、夢みたいです」

ユーリは両手で自分の顔を覆い、大きく息を吐いた。それからコレットが横になるベッドに寄り、その場で跪いた。

「コレット様、ありがとうございます。どれだけお礼を伝えても、伝え切れない……!」

本当に嬉しそうに、ユーリは瞳を潤ませてコレットの手を取る。その様子に、ユーリは子供を本当に大切にしてくれるだろうと本能で感じた。

すると自然とコレットからも、熱い涙がぼろぼろとこぼれ落ちる。

(十月十日《とつきとおか》、私がこの子にしてあげられる最大限のことに励もう。本を読み聞かせて、丈夫に生まれてくるように食事に気をつけて……。私だけがしてあげられることを、お別れの日までにたくさん……)

そうして、ユーリに子供を託そう。

コレットはまだ薄い腹を、撫でた。まるで子供の小さな頭や体を優しく撫でるように、繰り返し、何度も。

＊　＊　＊

自分の子供が、コレットの腹の中にいる。

ユーリはその奇跡に、一日足りともコレットに感謝を欠かしたことはない。

言葉で、態度で惜しむことなく示している。

男と女が情交すれば、子供はできる。そうユーリは思っていたが、いざ自分の後継を真剣に考えたとき、それが当たり前ではないことを知った。

どれだけ仲睦まじい夫婦でも、いつまでも子供が望めずにいる家庭がある。平民、貴族問わず、子供が生まれないのは女性側に問題があるとして離縁の原因にされることも珍しくない。

しかし、果たして本当に女性側だけの責任なんだろうかと、ユーリは考えていた。

男も女も生き物で、もし女性に不妊の原因があるとするならば、男も完全無欠なわけがない。証明は難しいが、自分の心にしっかりと留めておこうと決めていた。

自分は〝コレットにしか勃起しない〟という体になり、紆余曲折ありそのコレットに自分の子供を産んでもらえることになった。

出産は命懸けだ。ユーリはそのコレットの覚悟に最大限に見合う援助の内容を決めた。それがコレットやサマール国に対する礼儀であり、受け取るのに値する行為だと思っている。

コレットに嫌悪され拒否されることも、子供ができないかもしれないことも十分覚悟していた。書状をカイゼルに持たせサマール国へ送り出してからは、自分の行為が非人道的だったのではないかと悩まない日はなかった。

夫婦になれないだろうコレットへの長年の想い、帝国の未来、若くまだまだ経験を積まなければいけない自分。

指標となる父の仕事ぶりを思い出しながら皇帝となったが、ユーリはいつも薄暗い中、先を見通そうと必死に目を凝らしながら歩いている気分だった。

人知れず眠れない夜には、急死した両親を思い浮かべて奥歯を噛みしめる。

そこでいつも、自分の中で明かりのような存在として心に居続けるコレットの姿も思い出していた。

夜空に煌めく星のような、自分の目と心を惹きつけて離さない特別な人。

そのきら星は今、ユーリの子供を、将来帝国で輝くことになるだろう一番星を身ごもっている。


コレットの妊娠がわかり、ユーリは当初の計画通りにコレットの居住を城から自身の持つ静かな屋敷へ慎重に移した。

すでにコレットがつわりで体調を崩していたため、事情を知らない人々は〝留学中の王女は体調を崩し、静養するために陛下の計らいで住まいを移した〟と捉えている。

コレットの新しい住まいは王都内だが、海が近くとても落ちついた場所にあった。

二階のバルコニーからは海が見え、深夜などには遠くの波の音が部屋まで聞こえてくる。周辺には人が暮らすような建物がなく、今は雪に覆われているが夏には緑が溢れる。

屋敷はぐるりと塀で囲まれているうえに昼夜問わず衛兵を見回らせているため、外部からやすやすとは侵入できない。

これからお腹が大きくなっていく中で、気軽に外に出ることは難しくなるだろうが、軽い散歩や海の景色を楽しめるようにという、ユーリからのコレットへの配慮だった。

海のないサマール国で育ったコレットは、毎日飽きもせずにバルコニーから海を眺めている。凍てつく鈍色の空の下、海には白波が立っているが、コレットはあの海の向こうに異国が存在すると思うとわくわくするのだという。

同じ空、海で繋がりながらこことは違う文化の中で、人々が違った言葉を使い暮らしていると想像すると、自分も世界の一部だと感じるのだそうだ。

ユーリは週に三度、執務を終え夜になると、城から馬で一時間ほどの距離にある屋敷に近衛騎士を伴い通っている。ユーリは屋敷に来ると、コレットの話に耳を傾ける時間を大切にしていた。

以前とは違い同じ城の中で生活ができないぶん、コレットが日々をどう過ごしているのかユーリはとても気になるのだ。

「殿下、雪の中、ご足労ありがとうございます。冬の終わりの雪は水分が多くて大変だったでしょう」

出迎えてくれたコレットの腹は、ドレスのデザインで目立たないが以前よりもふっくらとしてきている。

医師から妊娠を告げられてから、四ヶ月が経とうとしていた。

「馬が機嫌を悪くせずに走ってくれて助かりました。今夜は泊まっていきますので、馬も休めるでしょう」

「それは良かったです。飼葉を食べてひと晩休めば、明日また機嫌良く陛下を城まで乗せてくれますね。私もお見送りの際には、馬を撫でさせてください」

使用人たちに雪で濡れた外套を預け、ユーリはコレットと一緒に食事を摂るためにふたりで食堂へ向かった。

温かい食事で舌鼓を打ちながらユーリはコレットの話に耳を傾けていたが、会話の途中でコレットが話すのをピタリとやめてしまった。

「コレット様？」

ユーリが心配して名前を呼ぶと、コレットは大きな瞳を見開いてユーリを見つめて……

そうっと自分の腹を指差した。

「……陛下、お腹の子が動いています。今こちらにこられますか？」

「こ、子供がですか⁉　すぐ、すぐに参ります」

ガタガタと焦ったように席を立ち、ユーリはコレットの側へすぐに寄った。

そうしてしゃがみ込み、コレットの腹を凝視する。

「まだそんなに大きく膨らんではいないので、見ただけではわかりません。陛下、手をお借りいたします」

コレットはユーリの大きな手を取ると、自分の腹に当てた。

驚いたのはユーリだ。自分の大きな手でコレットの腹を触れば、子供が潰れてしまうのではないかと一度も触れたことがなかったのだ。

「俺は力が強いから、腹の子供が潰れてしまいますっ」

「触れただけでは子供は潰れたりしません、大丈夫です。ほら、手のひらの感触に集中して……」

コレットにそう言われて、ユーリは手のひらを押しつけすぎないように細心の注意を払いながら、目を閉じ感触に集中した。

ドレスの生地、その奥の丸く少し硬く感じる腹の感触に……〝くにゅ〟っと、腹の向こう側で……わずかになにかが動いた。

ユーリはパッと目を開き、コレットを見上げた。

「……今、動いた?」

コレットは、目を大きく開いて見上げるユーリに、にこりと笑って頷く。

「おおっ、動いています、子供が! この手のひらで、しっかりと動いているのを感じました……すごい」

コレットの腹越しに感じた、自分の子供の存在。こうやって動いているのを実際に自分の手のひらで感じ、ユーリの心は激しく打ち震えていた。

「今日は、いつにも増してお腹の子が元気だったんです。なので動きはじめたら、もしかしたら陛下にもわかってもらえるかもしれないと楽しみに待っていたんですよ」

にっこりと笑うコレットに、ユーリは泣きたくなってしまった。

ユーリの中にある、コレットへの罪悪感が消えることはない。コレットとの間に幸せを感じるとき、これはコレットの犠牲のうえで成り立っているのだというのを強く意識する。

これは一生忘れてはいけない事実なのだ。

「もう一度、コレット様のお腹に、子供に触ってもいいでしょうか?」

鼻の奥がつんと痛む。きっと赤くもなっているだろうけれど、ユーリはコレットに隠す

つもりはない。

「ええ、陛下の子供ですもの。たくさん触ってあげてください」

今度は自分の意思で、ユーリはコレットの膨らんだ腹に触れた。

しばらく手のひらを当てていると、今度は〝ポコっ〟という感触がした。その不思議な感触を、ユーリは生涯忘れたくないと心に刻む。

「……また動きました。コレット様は馬がお好きですから、子供はお腹の中で馬の夢を見ているのかもしれませんね」

伝わらないかもしれないが、ユーリは子供を一生懸命にコレットの腹越しに撫でた。

「ふふ、馬の夢を見て動き回っていたとしたら、子供は将来馬になりたいと言いだすかもしれませんよ。どうします、陛下」

それは大変だと、ユーリは思った。

「馬になった人を知らないので、応援するのは難しいかもしれません。どうしようかな……、馬も素敵だけど、俺の仕事にも興味を持ってみないかと説得してみます」

コレットはその答えが気に入ったのか、同じベッドで眠る間際まで思い出しては、顔を綻ばせてくすくす笑っていた。

目的の子供はできた。

なので寝室を共にする必要はもうないのだけれど、やめようとはお互いに言いださず、引き続き同じベッドで眠っている。

寝息を立てるコレットを起こさないように、ユーリは薄暗がりの中でその寝顔を見つめていた。

コレットが子供を産み、サマール国へ帰ったら。いつかはそこで結婚して、そして子供ができたら……あんな風な温かな時間を、やり取りを、自分以外の男と共有するかもしれないと考えたら、心がズタズタに切り裂かれたように痛む。

このまま眠るコレットを大切に抱き上げて、暖かな毛布で何重にも包んで春の雪の降る中、馬に乗せて自分たちを誰も知らない場所まで行けたら……。

ユーリは叶わない未来を思い描きながら、きつく目を閉じた。


翌朝、早朝に目を覚ますと、ベッドにまだいるはずのコレットがおらず、ユーリは心臓が縮み上がる思いで跳ね起きた。

すぐに部屋を見回すと、バルコニーに厚い上着を羽織ったコレットの後ろ姿が見えた。長い髪が風を受けてサラサラとなびいている。

曇天の空。昇りはじめたばかりの太陽が、重い雲の隙間から光を放つ。屋敷の側まで海鳥が飛んできて、高い声で鳴いている。

コレットは、そこで海を眺めているようだった。

――まるで、コレットがお腹の子供との思い出作りをしているようで。

ユーリは途端に酷い切なさに襲われて、慌てて自分もバルコニーに飛び出した。

「陛下、おはようございます」

ユーリがバタバタと近づいてきたのに気づいたコレットが、静かに振り返った。

「おはようございます。コレット様、風が冷たいです、お体に障りますから……！」

この時期の早朝の海辺の風はまだ冷たく、体を冷やしてしまう。

以前にも増して心配症を隠さなくなったユーリに、コレットは微笑んだ。

「大丈夫ですよ。それより、陛下の方が薄着で心配です。なにか羽織る物はあったかしら……」

コレットが自分の羽織りを脱いで渡そうとするので、ユーリは慌ててそれを止めた。

「陛下は寒さにお強いのですね」

「はい。俺は寒さに強いので、羽織りはしっかりコレット様が身につけていてください。

ああ、次に来るときにもっと生地の厚い物を用意してきます」

ユーリはコレットの羽織りが風で動いて脱げないよう、しっかりと前を閉めた。

「……ところで、こんな早くから海を見ていたのですか？」

質問に、コレットは「はい」と答える。

「ここからの眺めがとても気に入りました。海なら、何時間見ていても飽きないんです。それに夜になると、波の音がここまで聞こえてきて……時々、真っ暗な海の底で子供と一緒に眠っているような不思議な気分になります」

そう言って、コレットはまた視線を海に戻して眺めはじめた。体が冷えないか心配だが、無理矢理に部屋に戻すのも気が引ける。

ユーリはすぐに部屋に戻ると、ベッドから毛布を引っ張り出し、バルコニーに戻ってコレットの体を毛布で包んだ。

「ありがとうございます、陛下」

「……俺も、隣で海を眺めてもいいですか？」

頷くコレットの隣で、ユーリも海を眺めはじめた。

こんな風に海を眺めるなんて久しぶりで、ユーリもまた寄せては引いていく波に目を奪われる。

「……陛下がいらっしゃらない日は、ひとりで眠るのですが……最近はお腹の子が夜中になると活発に動くんですよ」

「夜中に?」

「ええ、夜中になるとお腹の中で小さくポコポコと。そのたびに私はお腹の子に言い聞かせていました。『陛下がいらっしゃったら、〝ここにいるよ〟とわかるように、元気に動くのよ』と。子供はちゃんと約束を守ってくれましたわ」

とてもいい子、とコレットは自分の腹を撫でる。

「俺も、撫でてもいいですか?」

「はい、是非撫でてあげてください」

さあ、とコレットが腹をユーリに向けると、ユーリは大きな手でコレットを抱き寄せ背中をゆっくりと撫でた。

驚いたコレットが、笑いながらユーリを見上げる。

「ふふ、陛下は私を撫でたかったのですか?」

「はい。まずは、一番目にコレット様です。俺はいつだって、コレット様に助けられているのですよ」

「助けられているのは、私の方なのに」

そう言いながらも悪い気はしないようで、コレットはユーリに撫でられるままになっている。

背中、それから両手で頬を挟まれすりすり、ぷにぷにと……。

「……なんだか陛下、私の顔で遊んでいませんか？」

アイスブルーの瞳が、ユーリを捉える。

唇を重ねたい気持ちでいっぱいだが、妊娠という目的が達成された今、口付けはもう自然なことではなくなってしまった。

だからふたりはベッドの中でも、今は軽く抱きしめ合うだけだ。ユーリは見透かされそうな自分の気持ちを隠すために、むにむにとコレットの頬を挟んで触れる。

「次は、陛下の番ですからね～」

コレットから伸ばされた手が自分の顔を挟んでむにっとするので、ユーリは眉を下げて笑った。


その翌日には、ユーリはコレットにと厚手の羽織り物を持って屋敷へやってきた。

馬車から近衛騎士たちが慎重に下ろしたいくつもの衣装箱から、次から次へと高級な素材をふんだんに使った暖かそうな羽織りが出てくる。

凝った刺繍の施された物や、絨毯かと見紛うほど風ひとつ通さなそうにみっちりと織られた羊毛の物……。

丈も短い物から足首まで隠れる長い物まで、とんでもない量だ。

一瞬にして、屋敷は仕立て屋の工房のように変わった。

「俺は女性に贈り物を選ぶ機会が恥ずかしながら少なく、センスには自信がないのですが、コレット様に似合う物をご用意させていただきました」

「こ、この中から、一枚を選ぶのですよね？」

コレットは困惑した侍女たちが必死に広げたたくさんの美しい羽織り物の真ん中で、ユーリに聞いてみた。ユーリは満足そうに微笑む。

「まさか、すべてコレット様への贈り物です」

「すべて⁉」

「はい。体を冷やしてはいけませんし、なにより似合う物を贈りたかったんです。仕立て屋を回りながら、ずっとコレット様のことを思い浮かべていました。どんなデザインが似合うか、好きか、考えている時間はとても楽しいものでした」

そう言ってユーリは一枚の、金刺繡が胸元に控えめに施された深緑の羽織りを手にした。

「……これから春、それから夏になるにつれて気温が上がり、羽織る物が必要なくなっていくのは十分に承知しています。また、次の冬にはコレット様は、ここからいなくなっているかもしれないのも……わかっています」

「陛下……」

「けれど、我慢ができなかった。これらは、コレット様がこれから先の人生で使ってください。決して体を冷やさず、風邪など引かぬよう、暖かくして暮らしていただきたい。そう願いながら一枚ずつ選びました」

自分がサマール国に帰ったあとのことまでユーリが考えてくれているのを聞き、コレットは目頭がじわりと熱くなった。

次の冬を待たず、自分は出産を終えれば帝国を離れているだろう。

そのことは常に念頭に置いているが、ユーリとの生活の中では頭から霞んでしまう。幸せで楽しくて、お腹にいるユーリとの子供が愛おしくて忘れてしまうのだ。

コレットは胸をいっぱいにしながら、ユーリに微笑んだ。

「……ふふ、こんなにあったら、一生もう羽織りには困りませんね」

「ええ。年を重ねたコレット様までを想像しながら選んだので、これから先、一生困らせることはありません。……あー、もしサマールの王城で衣装部屋がこれで手狭になり増築することになりましたら、見積もりはこちらに回してください」

わざととぼけた言い方をしてくれたユーリに、コレットは笑いながらさりげなく流れ出そうになった涙をドレスの袖で拭った。

四章

春とも呼べないような短い季節が過ぎ、また夏がやってきていた。

雪はすっかり解け、海は眩い日差しを受けて煌めき、大地では草花が命を芽吹かせ、生を謳歌している。

コレットのお腹はすっかり丸く大きくなっていた。ユーリとの子供が生まれるのは秋の頃……問題が起きなければあと三ヶ月だ。

コレットは変わらず海の見える屋敷で生活を送り、週に三度は夜になるとユーリが訪ねてくる。

コレットが不安に感じていたミゲルの影はあれから見えないが、屋敷の庭などに出るときには、注意深く足元を見る癖がついてしまった。

長く書けなかった父王への手紙は、妊娠がわかったときにやっと一通書けた。

出産予定月、それから帝国での暮らし、皆はどうしているかといったことを綴《つづ》った。

父王からの返事は、それから一ヶ月ほどでコレットの手元に届いた。まだサマール国を離れて半年も経っていないのに、懐かしい父王の筆跡にコレットは里心がついてしまい、少し泣きそうになってしまった。

返事ではまず、体を冷やさず大事にするように、とある。それから援助の穀物のおかげで国民が冬を越すことに以前ほどの心配がないことと、カンガルとの国境にはゼイネス帝国の兵も立っていてくれるおかげで、今のところなにも問題は起きていないから安心して欲しいとあった。

(良かった……。食糧の心配なく飢えずに冬を越せれば、また国民たちが畑を耕す士気が保てるわ)

コレットは父王からの手紙で、改めて安心することができた。

夏の気配が見えはじめた頃あたりから、出産に向けて屋敷には色々な物がカイゼル経由で届けられていた。

美しい細工が施された揺りかご、絹の肌がけ、そしてたくさんの赤ん坊用の服だ。他にもベビーベッドや玩具など、部屋をふたつ潰すほどの贈り物が届けられた。

選んだのはユーリで、コレットが気に入りそうなデザインや色などが多い。

そして生まれた子供の世話をする乳母たちや、出産時の医師も決まり、準備が着々と進んでいるときだった。

珍しく、ユーリ付きの近衛騎士が朝からバタバタと屋敷にやってきたのだ。そして屋敷を取り仕切る執事長に、コレットへの面会を申し出た。

それを聞いたコレットがすぐに身支度を済ませ侍女と共に一階へ下りると、待っていた近衛騎士から一通の手紙が手渡された。

封筒には父王の字で書かれた自分の宛名、サマール国の封蠟が施してある。

「これは？」

「先ほど、サマール国から届けられた二通のうちの一通で、王女殿下宛でございます」

コレットは胸騒ぎがして、すぐにその場で封筒を開けた。父王からの手紙は冬に一度きたきり。そのあとの手紙が、まるで急ぎのように早朝に届けられるなんて……。

内容は簡潔にこう書かれていた。

病を患い、今は寝たきりになっている。知らせるつもりはなかったが、なにも知らずに自分に万が一があったときには、コレットを酷く傷つけてしまうだろう。なので手紙を送るが、今は自分のことを一番に考えるように——。

手紙を読み終えたコレットは、その場でへたり込みそうになった。よろめいたコレットの体を、ララや他の侍女たちが慌てて支える。

（『自分のことを一番に』なんて、お父様らしい。病で伏せっていたのを、いつから隠していたの……？）

「コレット様、大丈夫ですか⁉」

寄り添うララに、コレットは尋ねた。

「……ララ、お父様が病で伏せっているらしいの。あなたもお家に手紙を書いたりしていたでしょう？　なにか、知っていた？」

ララは驚きながら、「いいえ」とはっきり答えた。

「確かにわたしも母と手紙のやり取りはしていましたが、国王様の病に関する話は一切ありませんでした」

コレットは他の侍女たちの顔も見回すが、誰もが首を横に振った。落ち着くために、息を整え、コレットは近衛騎士に聞いた。

「……陛下は、なにか言っていましたか？」

「先に医師を屋敷に向かわせるので、コレット様は診察を受けるようにと。本日は昼まで来賓対応があるので、終わり次第こちらに向かうと仰《おっしゃ》られていました」

「わかりました。ありがとうございます。陛下には待っていますと伝えていただけますか？」

近衛騎士は「はい」と返事をして、ひと休みもせずに再び屋敷から城へ帰っていった。

それからほどなくして、馬車で医師がやってきた。父王の病の知らせにコレットは胸が重く詰まっていたが、妊娠状態には問題ないと診断された。

そのままコレットは海の見える部屋でベッドに腰をかけ、ユーリが来るのを待っていた。

『遠くに聞こえる波の音を気に入っているお腹の子供は、元気によく動くし、陛下からは想像以上に大切にされている』と、父王にもっと伝えておけば良かった、と小さな後悔を繰り返しながら。

（そうすれば、お父様もご病気の話をもっと早く手紙にしてくれたかもしれない。私に心配をかけないようにこれまで知らせなかったのね。私が自分のことをあまり伝えようとしなかったところ、お父様に似たんだわ……）

侍女たちは、コレットの気分が少しでも回復するように尽くしてくれる。身ごもってから手足がむくみやすくなったので、侍女たちはそれを温めたり、香油を使った軽いマッサージをしてくれていた。

「昨日ローン公爵子息様が持ってきてくださった、香油の詰め合わせをお持ちします。お好きな香りの物を使いましょう」

カイゼルは昨日コレットのために、王都の貴族女性たちの間で人気があるという、何種類かの香油の詰め合わせを持ってきてくれた。

カイゼルの妹、クローネとの友交も続いている。

屋敷に移ってから事情を明かすとクローネは大変驚いたが、すぐにコレットの体調の心配をしてくれた。それから果物や焼き菓子などをお土産に抱えては、しばしば会いに来てくれる。

今では同世代の親しい友人として、おしゃべりや悩み事などを明かす関係になっていた。

この香油も、クローネから流行っているのだと聞いていた物だった。

「今からお湯を用意してきますから、コレット様はゆっくりと香油をお選びください」

そう言い、侍女はそっと部屋を出ていった。

今は誰もいなくなった部屋で、コレットは張り詰めていた息を静かに吐いた。

（もしかしたら侍女たちは、私がひとりになる時間を作ってくれているのかも……）

本当は、ベッドに潜り込んで泣き出したいくらいに不安だ。すぐにサマール国に戻って、父王の顔を見たいと強く思う。

けれど、自分はサマール国の王女だ。そんなことをしたら、一緒にゼイネス帝国へ来てくれた侍女たちに申し訳がない。だから泣くのも我慢している。

浮かない気持ちで膝に置かれた木箱の留め紙を破り、蓋を開く。並んだ数本の小さな瓶のうち、一本を手に取った。

緊張で手のひらに汗をかくと、お腹の子供がぽこんと動き出した。すっかり大きくなったものだから、今ではドレス越しにも動いているのがわかるようになってきた。

コレットはお腹を撫でながら子供に、そして自分に言い聞かせるように呟く。

「……大丈夫。落ち着いてきたわ」


コレット宛の他に、ユーリに届けられた国王からの手紙。そこには、コレットが帰ってこないうちに自分に万が一の事態が起きたときには、ユーリにはコレットが女王に就くまで助力して欲しいという内容だった。

手紙を読んだユーリはサマール国王の状態が悪いものだと悟り、大いに悩んだ。

本音では、コレットが無事に出産して体力が戻るまでは、帝国にいて欲しいと強く思っている。

しかし、突然両親を失った経験のある自分は、親を喪うその計り知れない辛さを知っていた。

身重の体で長距離の移動は負担がかかるだろう。途中でもし、万が一を考えればコレットを帝国に引き留め、代理の人間に様子を見に行かせるのが最適解だ。

けれど……、それではコレットの気持ちはどうなる……。

ユーリはすぐに、コレットの妊娠状態を診ている主治医を呼んだ。

その主治医に話をし、コレットの住まう屋敷へ向かわせたあと。

ユーリの執務室にカイゼルが突然やってきた。

いつもの和かな表情を浮かべてはいたが、近衛騎士を下がらせるようにユーリに目配せをした。ユーリはなにかを察して、小さく息を呑んだ。


サマール国王から手紙が届いた二日後、コレットや侍女たちは二週間ほどサマールへ戻ることになった。ユーリが揺れが少なくなるよう、大きく丈夫な馬車や、気性の優しい馬たちを用意してくれた。

侍女たちはコレットのためにすぐさま荷造りをして、あっという間に旅支度を終えた。

この帰郷にはコレットの主治医や護衛騎士も帯同するので、大所帯になっていた。

馬車は朝早くに屋敷を出発して、慎重にサマールを目指す。雪のない季節だったのが幸いして、途中、適切に休憩を入れながら馬車は進む。コレットは緊張をほぐすために、窓の外に流れる風景をずっと目で追っていた。

賑やかなゼイネス帝国の王都を抜けると、次第に青い麦が風にそよぐ田園風景がひたすら広がりはじめる。今年は天候にやっと恵まれ、農作物の実りも良さそうだ。

これならサマール国でも、同じ麦の緑の海が見えるだろうとコレットはほっと胸を撫で下ろす。今年、来年と自国の貯蔵が見込まれるまで収穫できれば、ゼイネス帝国からの援助を来年は辞退できるかもしれないからだ。

自国で耕作をしながら輸入を同時に行わない限り、他国を数年も助ける約束をするほど穀物があまるわけがない。多少の余裕はあったのだろうけれど、援助のために穀物庫の中身を放出してくれた帝国も無理をしてくれたのだと、コレットは痛いほどわかっていた。

途中、宿屋で一泊し、更に進むと、ついに国境の検問所までたどり着いた。問題なく通過して、コレットはついに約一年ぶりにサマール国に帰ってきた。

ここからサマール国の城までもう一泊をしないといけないが、自国に入ったことでコレットの疲労は自然と和らいでいた。

鬱蒼とした深い森が続く道を、馬車の列は進む。見上げるような大木が道の両脇の遥か先まで立ち並び、日陰では肌寒いほどだ。小鳥の囀りが空高く響き渡り、木々の間から光が差し込む。

空気は新鮮で、体が覚めるような感覚にコレットは深呼吸をした。帝国にはあまりないとても深い森だが、馬たちは落ち着いて大人しく歩いてくれているようだ。

道が帝国よりも悪く馬車が揺れるぶん、スピードを落として進んでいたときだった。

さっきまで大人しかった馬が高く嘶き、馬車が止まったのだ。

人が激しく言い合う声が聞こえ、コレットは驚き身構えた。

「な、なに……？」

馬車内で、用心のために扉から一番距離をとった瞬間だ。外側からガチャガチャと無理矢理扉が開かれ、突然人が現れたのだ。

「久しぶり、コレット。元気にしてた？」

光を受けて輝く金色の髪、燃えるようなルビー色の真紅の瞳がコレットを捉えて、唇が嬉しそうににんまりと弧を描く。

誰もが見とれそうな美しい容姿だが、コレットには恐怖の対象でしかなかった。

「ミゲル……⁉」

名前を呼ばれてますます嬉しそうに、まるで子供のように笑みを浮かべる。その容姿と知っている性格とのアンバランスさに、コレットはゾッとしてしまった。

「さあ、迎えに来たよ。これからは僕と、その腹の中の赤ん坊と、三人で暮らそうね。赤ん坊の父親には僕がちゃんとなってあげるから、心配しないで一緒に行こう」

片手に剣を持っているのを見て、コレットは血の気が引いた。後ろに続く馬車に乗る皆は、護衛の騎士は無事なのかと咄嗟に疑問が浮かぶ。

「早く行くよ、コレット」

返事をしないコレットの様子などお構いなしで、馬車に乗り込もうとしたミゲルの前に、力強い手が伸びて彼を塞いだ。

「どのくらいぶりだ、カンガル国の王太子。お前は本当にコレット様しか見えていないんだな」

扉のすぐ側、カーテンの陰になっている場所に座っていたユーリが声を上げる。

実は危険を事前に察知して、この帰郷にはユーリも同行していたのだった。

死角から突然ユーリに声をかけられ、ミゲルは見開いた瞳を瞬時に血走らせた。

「な……っ！　陛下はいつも、いつも……僕の邪魔ばかりする。でも今度こそは……」

躊躇《ためら》わず剣をユーリに向けようとしたミゲルを、ユーリは馬車内から思い切り蹴り出した。

「コレット様は、絶対に馬車から出ないでください！」

ユーリはそう言い残し、馬車から飛び降り扉を閉めた。コレットはガタガタ震える手を握りしめながら、ユーリの言いつけを守った。

以前だったら心配で飛び出していたかもしれないが、今コレットが一番に守らなければならないのはお腹の子供だ。コレットは扉から一番距離を取って、再びユーリが扉を開いてくれること、そして皆の無事を必死に祈った。

しばらくすると外の喧騒がやんだ。耳を澄ませていると、馬車の扉が開かれた。

ドキリとしたが、現れたのはユーリだった。

「あいつらは一旦引きました。今のうちに、森を抜けましょう……！」

「陛下！　ケガは？　他の皆は大丈夫ですか⁉」

「はい。馬で帯同させた護衛の他に、馬車の中にも騎士を乗せていたので事なきを得ました。奴らは五人で襲ってきましたが、こちらにはケガ人を出さずに撃退できました。ですが……捕らえ損ねて逃がしてしまったので我々も早く見通しの良い場所まで進みましょう」

ユーリは素早くコレットの隣に座り、「俺が守ります」と言って、彼女の震える華奢な手を握った。

「コレット様、体調は大丈夫ですか？」

「大丈夫です。不安でドキドキはしましたが、お腹が痛んだりはしていません」

馬車はまたゆっくりと動きだした。

ユーリはコレットに「良かった」と言い、森を抜ける間、ずっとお腹を優しく撫で続けた。

やがて馬車が森を抜けると、遮る物がなくなった窓からは眩い光がいっぱいに差し込む。

ここでコレットは、やっと息をつくことができた。

「……やはり、カイゼル様からの情報は本当だったのですね」

カイゼルはこの襲撃の情報をその諜報活動で得て、すぐにユーリに知らせていたのだ。

コレットの周囲は出発までの二日間、長距離用の馬車の準備を隠さずしていたので、監視をしている者がいれば、コレットがなんらかの理由でサマール国に戻るのだと気づいただろう。

サマール国で国王が伏せっていることを知っていたとしたら、尚更だ。

ミゲルたちは検問所を通らずに、秘密の抜け道を通ってサマール国にやってきていた可能性が高い。そして、あの鬱蒼とした森で待ち伏せしていたのだろう。

（そこまでして、どうして私に執着するのか本当にわからない……）

カイゼルからの情報を得たユーリは、コレットにすべてを話した。そして警備を厳重にして、自分もコレットを守るためにこの帰郷に同行すると申し出てくれた。

帰郷を諦めるように説得されるかと覚悟していたコレットは、とても驚いた。

ユーリは、コレットの希望を優先してくれたのだ。

以前のコレットならユーリに迷惑をかけぬよう、帰郷を諦め心を押し込めて対応しようと無理をしただろう。

けれど今は違う。コレットは、ユーリを深く信頼している。だからユーリが自分のために動いてくれることに感謝して、素直に受け入れることができる。

コレットはずっと言えないままだった、帝国に来てから見つけた木彫りの馬のことをユーリに打ち明けた。

酷く驚いたユーリだったが、まずは今日までコレットが無事で本当に良かったと大きく息を吐いた。そして、ミゲルはそうまでしても、コレットに自分の存在を忘れられたくなかったのだろうと結論づけた。あの木彫りの馬は、ミゲルにとってコレットと繋がる唯一無二の大事な物なのだろうと。

ユーリはサマール国王からの手紙を、コレットの妊娠を知る一部の大臣たちに見せ、二日かけて調整をして自分の臨時代理を立てた。

こうして他の馬車には侍女や医師を守るために騎士をそれぞれ乗せ、護衛の兵を馬で帯同させて、自分はコレットと同じ馬車に乗り込んでいたのだ。

ミゲルたちからの強襲にはあったが、カイゼルからの情報のおかげで最悪の事態を退けることができた。

帝国に残ったカイゼルは、引き続きミゲルの動きについて情報を集め続けている。

カイゼルがあのにこやかな笑顔の裏で行う諜報の仕事は、どれだけ精神をすり減らすものなのか。妹が騎士を目指していることに反対をしないのは、そういった仕事から遠いところに置きたいというカイゼルの兄心なのかと、コレットは想像してしまう。

「あいつは本当に有能なやつです。しかし、怖い思いをさせてしまい申し訳ありません」

「いいえ。助かったのは、カイゼル様、そして今回の帰郷に同行してくださった陛下のおかげです。おふたりのおかげで、私は無事でいられました」

ユーリは改めて、ローン公爵家の歴史をコレットに聞かせた。

ローン公爵家は代々手広い貿易を生業としていたので顔が広く、そこで得る他国の情報を国のために提供していた。

それがいつしかより本格的な諜報活動を皇帝から求められるようになり、国のために危ない橋を渡るはめになってしまった。

先々代の皇帝がその見返りに港の一部をローン公爵家に与えたことで、公爵家は更なる富を得ることになった。

金の集まるところには人が集まり、噂も同時に集まってくる。ほんのささいな噂話でも、源流を辿ればとんでもない真実を掘り当てることもある。

先々代の公爵家当主は非常に人当たりや羽振りが良かったので、彼の周りは常に人と噂で溢れていた。彼は立場と金で人脈を作るのが上手かった。また勘が鋭く物事を見極める才能も持っていたらしい。

そのうえ公爵という高貴な肩書きがあれば、どの国の王族や貴族の懐にも入りやすい。そうして代々培われたツテを使い、今カイゼルが諜報の仕事に携わっている。

帝国もローン公爵家からもたらされる情報には昔から莫大な恩恵を受けているが、その諜報活動ではどれほどの苦労をしているのか想像もできないと、ユーリは語る。

時には人を欺き、見捨て、裏切ることもあるだろう。どれだけ恨みの感情を人から向けられているか……。

「あいつ、俺がもう諜報活動はやめてもいいと言っても、聞かないんですよ。ならはじめからさせるなって、人の弱味を掴み続けた家が、それをやめたらどうなるのか、わかるだろうって」

ローン公爵家のおかげで富を得た人間もいれば、恨みや妬みを強く抱いている人間も多いのだ。

カイゼルはそんな、安息とはほど遠い仄暗い世界で、生きている。

「……カイゼル様が見送ってくださったとき、私にとびきり笑いかけてくださいました。陛下が一緒だから、安心して欲しいと伝えてくださったのかもしれません」

そう言って、コレットはユーリの手を握り返した。

「俺はコレット様をお守りして、必ずサマール国へお送りします」

「ありがとうございます。しかしミゲルも、さぞ驚いたことでしょう。カイゼル様は、してやったりなんて思っているかも。ですが、私にはミゲルが一度の失敗で誘拐を諦めるとは思えません」

あの執念深さだ。久しぶりにコレットの顔を見て、さらなる連れ去りの機会を窺っていることだろう。ミゲルは必ず、コレットがサマール国にいる間にもう一度現れる。コレットとユーリはそう強く確信した。

「俺はこの命に代えても、コレット様とお腹の子供を必ずミゲルから守ります」

不吉なことを言いだすユーリに、コレットはぴしゃりと返した。

「陛下、ご自分の命は必ずお守りください。まだ生まれてもいないのに、継承権が回ってくるのは荷が重すぎると、お腹の子が申しておりますわ」

コレットは、ユーリが命と引き換えに自分を守りそうだと察して、そう行動しないように釘を刺した。

サマール国の城への道すがら、帝国へ向かうときにも泊まった宿に、また泊まることになっていた。このまま進んでしまいたくはあるが、それだと馬車での野営になってしまう。コレットの体、そしてこちらの体制の立て直しを考えれば、やはり宿を使った方が安全だという結論になった。

宿の玄関前に馬車が止まり、護衛の兵が辺りを確認してから、コレットや侍女たちもやっと馬車を降りることができた。

「コレット様！　大丈夫でしたか？　ケガは、お体は⁉」

コレットの後ろの馬車に乗っていた侍女たちが、一斉に駆け寄ってきた。

「陛下が守ってくださったから大丈夫よ、あなたたちはっ？」

「わたしたちも、誰もケガなどしていません」

それを聞いて、コレットは心の底からほっとした。侍女の中には泣きだす者もいて、皆で改めて顔を見合わせ無事を確認し合った。

近衛騎士がひとり護衛に付き、コレットや侍女たちは休憩するために先に宿に入った。宿の主人は、泣いている侍女を連れたコレットに驚き、慌ててお茶の用意を使用人に言いつけた。

女性たちが護衛に伴われて全員宿へ入ったことを見届け、ユーリたちは馬車や馬の細かな点検を行った。それから馬たちを宿の厩舎に預け、玄関前に見張りの兵を置いた。

心配する宿の主人に、ユーリは途中で〝山賊のような者たちに襲われた〟と話した。

「この辺りを見回る自警団がいますが、知らせた方がいいでしょうか？」

宿の主人は、怯えて汗をびっしょりかきはじめた。サマール国はのんびりとした平和な国なので、人を襲うような山賊などはほとんど出ないのだ。

「そうしてくれると助かる。ここに泊まると知って再び山賊がやってくる可能性がある。我々も兵を立てるが、夜を中心に宿周りを重点的に見回ってくれると助かる」

「わかりました！　すぐに、すぐに知らせをやります！」

主人は返事をすると早足で宿に戻った。これからすぐに、使用人を自警団の元へ使わせるのだろう。

コレットたちが腰を落ち着けやっと緊張を解いている間、ユーリたちは用意された大部屋でサマール国の地図を広げていた。ミゲルたちが隠れて一行を待っていそうな森などの位置を重点的に頭に叩き込んでいたのだ。

やがて夜になり闇が深くなると、宿は松明を持った自警団と護衛の兵で固められていた。赤い炎の明かりが宿を囲むように、ゆらゆらと暗闇に浮いているように揺れている。

その緊迫した雰囲気に、窓際からそれを見ていたコレットは息を呑む。

今夜はユーリも護衛のために、コレットの部屋を使うことになっている。コレットはユーリが部屋に来る前に入浴を素早く済ませ、侍女を下がらせるとソファーに体を預けた。侍女が下がってからすぐに、ユーリがやってきた。ユーリも入浴をしてきたのか、髪は少し濡れたままでタオルを首にかけ軽装になっていた。

緊迫感のある、落ち着かない夜だ。

「陛下、髪がまだ濡れています。もしよろしければ、拭きますからこちらへ」

「すみません。なるたけ早くコレット様の部屋に行かなければと思ったので、髪を拭き切れないままでした」

ユーリはコレットの隣に座ると、かがんで素直に頭を差し出した。コレットはユーリの肩にかけていたタオルを取り、濡れた髪を優しく拭きはじめた。

銀色の髪が含んだ水分を、丁寧に拭き取っていく。銀糸のように美しい髪が明かりに反射して輝いて、コレットはくしも用意し夢中になって整えた。

ふと気づくと、ユーリがコレットを見ている。微笑ましく見守るような様子に、コレットは自分がずいぶん熱心に彼の髪を整えていたと気づく。

「あっ、申し訳ありません。あまりにも綺麗な髪なので、夢中になってしまいました」

「構いません。一時でも、コレット様の手慰みになれたのなら幸いです」

タオルを畳みながら、コレットは控えめに笑顔を浮かべた。

「……子供の頃、お人形遊びが好きだったんです。それと同じくらい馬が大好きだと、子供の頃にミゲルに話したことがあって……母が亡くなる前に会ったときでした。それから母の葬儀の夜、陛下に助けていただいたあのときに、ミゲルが木彫りの馬を私に投げて寄越してきて……。まさかそれを、大人になってからも色々なかたちで貰うことになるとは思いませんでした」

投げつけられたり拾ったりした馬の置き物だが、どれもがひとつずつ手作りだった。

（あれは多分、ミゲルが今でも自分で彫っているんだわ）

ミゲルは子供の頃に、ナイフを使うのが好きだと言って、こっそりと持ち歩いているのを見せびらかしてきた。コレットの髪を摑んで切ったのはそのときだった――。

「コレット様は、正直あいつをどう思っていますか……？」

突然のユーリからの質問の意図がわからず、数秒見つめ合ってしまった。

「どう、とは……」

「俺は……、あいつに嫉妬していました。コレット様と同じ歳で、名前を呼び合い……砕けた話し方をする。幼馴染みのようで、ふたりには特別ななにかがあるように感じて……俺は七歳も年上なのに羨ましかったんです」

そう言い切るとユーリは、はぁ、と自己嫌悪するようにため息をついて下を向いてしまった。

驚いたのは、コレットだ。

自分が心底苦手としている、あのミゲルにユーリが嫉妬していたというのだ。しかも、目の前で落ち込む様子まで見せている。

コレットの心はなにかを期待して、勝手にドキドキと高鳴ってきた。

そんなはずはない、期待をしてはいけないと頭は心に言い聞かせるのに、心は聞こえないふりをしてユーリの項垂《うなだ》れた様子に見入ってしまう。

——どうして、ミゲルのことでそんなに落ち込んでいるの……？

「……あの、陛下が思うような、例えば異性として意識するような〝好き〟は、ミゲルには今の一度も感じたことはありません。それに、私の気持ちも一切聞かず、怖がらせたり、ましてや攫《さら》おうとしたのですよ。ミゲルは自分の幸せしか考えていません」

今まで誰かに言いたくても言えなかった、ミゲルへの不満がここで爆発してしまった。

ユーリは顔を上げて、コレットと向き合う。

「俺も……俺もあいつと同じなのです。自分のことしか考えていなかった。あいつが援助の見返りに、コレット様に輿入れを要求したと聞いて、目の前が真っ暗になった……。体のこともありましたが、どうしてもコレット様をあいつのところへは行かせたくなかったんです」

だから、カンガル国からどう思われようと構わず、より良い条件を完璧に揃え、すぐにカイゼルをサマール国に使わせたとユーリは語る。

「陛下……？」

「……いずれ女王になるコレット様を、ゼイネス帝国の皇帝である俺では娶れない。だから見守ろうとしていたのに、いつだってコレット様のことばかり気になっていました……だめだったんです。とても諦め切れなかった……！」

——好きなんです、昔からずっと。

ユーリは堰《せき》を切ったように、とうとう長く募らせていた想いをコレットに伝えた。

いつも強い意志が宿るユーリの瞳が、コレットに想いを伝え、揺れている。

懺悔《ざんげ》のような告白だったが、コレットにはユーリの気持ちが十分に、心が満ち足りるほど伝わった。

（まさか……、陛下がそんなふうに想っていてくれたなんて……！）

喜びが胸に湧き上がってくる。

とても信じられないが、ユーリの告白は夢ではないと目の前の青い瞳が物語る。

思えばいつだってユーリはコレットに、好意を寄せられていると勘違いしてしまいそうれていくなど、それはそれは優しくしてくれた。

（私を好きでいてくれているから、いつも大事にしてくださっていたのね）

今回の帰郷だって、一国の主が自らたくさんの手配をし、また協力を得てついてきてくれているのだ。本来ならば、とても叶わないことだ。

ユーリは自分のために、身も心も砕いてくれている。その事実は、コレットの心を今熱く燃やしている。

なにか言おうとすると、胸がいっぱいで詰まってしまう。けれどコレットは自分もユーリに気持ちを伝えたくて、一生懸命に声を絞り出した。

自分も同じなのだと、ずっと想っていたのだと言葉にして伝えたい。

ユーリの手の甲にコレットは自分の手のひらを重ね、深呼吸をして……。

「……私も、お慕いしていました。子供の頃からずっと、陛下だけを想っていました……！」

一生口にすることは叶わないと心にしまっていた言葉を、一生分の勇気を振り絞り、声に出してユーリに伝えた。

胸が激しく鼓動を打つたびに、コレットは泣きたくて仕方がなくなった。

熱い涙が溢れ、揺れる視界に、ユーリの驚いた顔が見えた。それからすぐに、自分に伸ばされる両腕。涙がこぼれた瞬間には、コレットはユーリの優しい腕の中にいた。

「コレット様……っ！」

名前を呼ぶユーリの声は大きく、たくさんの感情が含まれていた。

驚き、喜び、安堵などが、コレットの耳元で吐かれたため息の中にも含まれていて、それすらも愛おしいと感じる。

「夢みたいです、本当に……コレット様、好きです、愛しています」

慈しむように背中を何度も撫でられ、コレットもユーリの名前を呼ぶ。森で番《つがい》の野鳥がお互いを呼ぶように、繰り返し名前を口にしては好きだと気持ちを伝え合う。

長く、長く募った想いは、いくら言葉にしても伝え切れない。そうしてユーリから掠めるような口付けを受け、コレットはポロポロと涙を流した。

「陛下、好き、好きです」

「コレット様、俺を名前で、ユーリと呼んでください」

温かな手でコレットの頬を濡らす涙を優しく拭いながら、ユーリはねだる。

「ユーリ様」

鈴が鳴るような声で名前を呼ばれ、ユーリは嬉しい気持ちが抑えられず破顔した。

「……これから考えること、国同士で話し合わなければならないことがたくさんあります。ですが、俺とコレット様、それにお腹の子供がいれば、なんでも乗り越えられると信じています」

長く時間がかかっても、ひとつずつ、必ず良い方向にいける道をふたりで探していこう。口には出さないが、思うことは一緒だ。

「はい。同じ国に一緒には暮らせないかもしれませんが、私たちが夫婦になれる方法がどこかにあるかもしれません」

「ええ。ないなら、俺たちふたりで……いいえ、お腹の子供と三人で切り開いていきましょう……！」

言葉を尽くしたあとは、しばし感動を分かち合うように静かに抱き合う。どこまでも遠く手が届かないと思っていた星は、すぐ側にあったのだ。

妊娠がわかってから触れ合いをやめていたふたりは、今お互いの熱を確かめたくて仕方がなかった。

昼間の襲撃から続く緊張が続き、ユーリはコレットを守れた興奮が冷めやらず、またコレットはユーリの熱で安心を感じていたかったのだ。

「具合が悪くなったら、すぐに言ってください」

ベッドの上で、お腹に負担かからないように覆いかぶさり、ユーリはコレットにゆっくりと口付けの雨を降らせる。

「……んっ、ふ……っ」

ユーリは唇で、コレットの額やこめかみ、頬や唇を愛おしい気持ちでついばんでいく。

コレットはくすぐったくて身をよじり、この甘い雰囲気の海にとっぷりと浸かっていた。

「……夢みたい。でも本当だって、好きってユーリ様からもう一度聞きたい……っ」

「何度だって言います。俺はずっと昔から、コレット様に惹かれていました……愛しています。好きです」

お互いを優しく手でまさぐり、唇を重ねて思いつくままに今まで言えなかった愛の言葉を惜しみなく贈る。

けれどどれだけ言葉にしても、想いが底を尽きることはない。この瞬間にも愛おしい、好きという気持ちが新たに生まれ続け、ふたりはゆっくりと触れ合うこの時間を大切に噛みしめる。

コレットもユーリの首元に腕を伸ばして引き寄せて、「愛しています」と照れながらもしっかりと伝えた。

ユーリは、コレットから生まれる言葉をひとつも取りこぼさないようにと、胸に刻んだ。

コレットは寝間着を着たままだが、下腹部では男性器を受け入れる準備ができている。

ユーリに舌でたっぷりと愛撫された蜜口は愛液で濡れ、柔らかくぬかるんでいるのだ。

時間をかけて男性器をコレットの中に収めて、ふたりは快楽よりも熱を分け合う時間を選んだ。想いが通じ合い、そして妊娠している今はそれだけで十分だった。

「久しぶりですが、痛みはありませんか？」

「はい……大丈夫です。またユーリ様とこんな風に抱き合うことは二度とないと思っていたので……んっ、嬉しいです」

深く入りすぎないよう、ゆるっとユーリが腰を引き、また浅いところに押し入る。コレットの肉襞は変わらず男性器に優しく温かく絡みつく。

ふたりの額にはうっすらと汗が浮き、それを指先でぬぐい合う。そして見つめ合い、名前を呼び、愛していると囁く。

そのたびに心が深く強く結びつくようで、この時間が長く続いて欲しいと願う。けれど、ゆるやかな動きだけでも、ユーリには射精感が迫ってきていた。

「……っ、もう、出てしまいそうです。でも中には出しませんから……」

コレットが頷くと、浅いところで何度か抽挿を繰り返す。

「は、あ……ッ、んんっ！」

「愛しています……ずっと……！」

中を強く突かない代わりに、ユーリはコレットの口内を舌でまさぐった。コレットもまたそれに応えると、ユーリはずるりと男性器を抜き自分の手の中で果てた。

翌朝、自警団も馬を用意して城までの護衛についてきてくれることになった。朝の清らかな日差しの中、護衛の兵に近衛騎士、それに自警団に守られながら馬車の列はサマール国の王城に向けて進みだした。

コレットはその道すがら、生命力溢れるままに大地に根を張り、風に一斉に揺れる麦の畑を見て涙ぐんだ。

サマール国にとって、長く続いた悪天候による不作は大打撃となった。森と共存するサマール国だが、そのせいで広く開墾ができずにいる。それでも毎年貯蔵はできていたが、今回のような事態がまた起きたら……。

そう考えるとコレットは、少しでもゼイネス帝国で貿易に触れられ、とても貴重な経験になったと感じた。

一方で、国が危機に陥りひとり娘を帝国に出した父王の心境を思うと、胸が詰まってしまう。帝国での生活に慣れるのにいっぱいだったけれど、大変なことも楽しいことも素直に手紙にできていたら良かったと、後悔している。

連絡がなければ、悪い方へ考えてしまうのが人の性《さが》だ。そこまで考えが至らず、近況を知らせなかったことを父王に謝罪しようと思っている。

そう物思いにふけっていると、ユーリは黙ってしまったコレットを心配した。

「……帯同させた医師は、ゼイネス帝国で一番腕の良い者です。国王の診察もさせましょう、サマールの医師からも話を聞き、必要な薬があれば帝国から持ってきます」

「ありがとうございます、ユーリ様。父が病で伏せるなんてはじめてで、取り乱してしまいそうで……早く顔が見たいのに、城に近づいていくのが怖くもあります」

もし、自分の想像以上に父王の容態が悪かったら。

――二週間の帰郷として来たけれど、再び帝国へ出産するために戻れるだろうか。

このまま父王の側にいたいと、確実に思ってしまうだろう。離れたくないと、願ってしまいそうだとコレットは思ってしまった。

ユーリはコレットの手を握り、ゆっくりと話す。

「たくさんのことを、ひとりで抱える必要はありません。俺はもっと協力します、コレット様を慕う人々も同じ気持ちでいるでしょう。不安に思うことは、可能なら話して欲しいです」

無理強いをしないユーリの姿勢に、コレットは胸を撫で下ろした。

「わ、私は……父に会って、もし想像していたよりもずっと容態が悪かったら……二週間後に帝国に戻れるか……考えてしまって」

言葉に詰まりながらも、コレットは偽らず素直な気持ちをユーリに伝えた。そうできたのは、昨夜想いが通じ合い、より強い信頼で結ばれたからだ。

「……わかっています。そうなった場合には、サマール国の医師にコレット様の出産を任せたいと思っています。コレット様が俺を好きだと言ってくれたから、帝国に無理矢理に理由をつけて縛る必要がなくなりましたからね」

ユーリもまた深まった絆で、以前より更にコレットの考えを尊重し大事にしてくれようとしている。

「その場合も考えて、王城へ到着しましたら、まずはカンガル国の王太子に襲われたことを話しましょう。容態によっては国王を除き、大臣たちに。あいつをどうにかしなければ、コレット様をサマール国に置いて俺だけ帝国へは戻れませんから」

隣国の王太子が王女を攫おうと企み、帝国の皇帝に剣を向けるなど国を巻き込んだ大問題だ。

「カンガルに使者を送っても、話だけではミゲルのやらかしを知っていてもはぐらかされてしまいそうです」

「ええ。また襲撃された際には、必ず本人を捕らえます。そして帝国へ連行し、裁判を起こす前にカンガル国と交渉のテーブルを用意します。しかしあちらの出方次第では、あいつを帝国で一生幽閉することも考えなければなりません」

本来なら処刑に相当する行為だが、ミゲルはカンガル国の王太子だ。立場がある人間である以上、簡単に命で代償を払わせることはできない。

「……ミゲルは、必ずまた来ます。これは私の自惚れではなく、彼のあの異様な様子や、子供時代からの付き合いからそう思うのです……。嫌でもわかってしまいます。なので必ず……ミゲルのためにも、ここで決着をつけましょう」

ミゲルがコレットのなににそこまで執着をしているのかは、わからない。けれどもっと酷い方向へ行ってしまう前に、止めないといけない。

「なにかがひとつ違っていたら、俺があいつのようになっていたかもしれません。コレット様を想う気持ちが痛いほどわかるから、絶対に止めてみせます」

たとえサマールの王城に到着したあとでも、決して油断はできない。

馬車は再びミゲルたちに襲われることなく順調に進み、ついにサマール国の王城へ辿り着いた。城内へ馬車の列がすべて入ると、コレットは安堵の深いため息をついた。

最終章

コレットたちが馬車を降りると、今か今かとばかりに大臣たちが待ち構えていた。帝国から出発する前に、コレットの帰郷を知らせる手紙を、国一番の早馬で出していたのだ。

「王女殿下、お待ちしておりました……！」

「ただいま戻りました。お父様の容態は⁉」

大臣たちはコレットと一緒にユーリもいることに驚いたが、すぐに気を取り直してコレットの質問に答えた。

「王はわずかな発熱と酷い咳が止まらず、また息苦しさが長く続き体力をかなり消耗されています。苦しくて横にはなれないようで、それでますます……。道中への心配が王の病を悪化させないよう、コレット様の帰郷は伏せたままになっています」

また違う大臣が、補足に入る。

「医師によれば感染するような病ではないとのことで、お会いすることも可能です。ただ、長い時間の会話は咳のせいで難しいかもしれません」

まだ体を起こしていられると聞き、コレットは最悪の事態からはまだ遠いかもしれないとほっとした。けれど報告だけでなく、実際に父王の姿を見てみなければわからない。

「コレット様は、国王にお会いしてください。俺は道中に襲撃されたことを、ここに揃った大臣たちに説明します」

「襲撃⁉」と、大臣たちが顔を真っ青にする。

「ありがとうございます。では行ってきます……！」

襲ってきたミゲルたちの説明をユーリに託し、コレットはすぐさま勝手知ったる城内を、父の寝室を目指して速歩で向かう。あとから侍女たちも、着いてきてくれている。

生まれ育った、無骨な石造りの城。明かり取りの数々の小さな窓からは、コレットの帰りを待ちわびたように眩い日差しが照らす。

見慣れた風景が、今は切なくなるほど懐かしい。生まれてから城をそれほど離れたことのなかったコレットには、約一年という時間は自分が思っていたよりもずっと長かったのだと思い知らされた。

父王の寝室が見えてくると、ちょうど城勤めの医師が出てきたところだった。コレットの姿を捕え、驚きながら深く頭を下げた。

「お父様の容態はいかがですか？」

目尻に皺が刻まれはじめた初老の医師は、落ち着いた様子で説明する。その内容は先に大臣から聞いた通りで、父王は今ちょうど起きているところだという。

「今からお父様にお会いしたいのだけど、いいでしょうか？」

「ええ、今は落ち着いているので大丈夫だと思います。自分はここで控えておりますので、なにかあったときにはすぐお呼びください」

医師の許可が出たことで、コレットはすぐに父王の寝室のドアをノックした。耳を澄ませると、微かな声で返事をする父王の声がする。

コレットは逸《はや》る気持ちを抑え切れず、すぐにドアを開けた。

「お父様……っ！」

調度品がいくつか飾られた、父王の寝室。大きな天蓋付きのベッドの上には、ずいぶんと頬のこけた父王がいた。クッションを支えにして上半身を起こしているようで、コレットに気づくと驚き、目を見開いた。

「……コレット、どうしたんだ」

父王は駆け寄るコレットを迎えるように、力なく両腕を広げた。

「お父様からの手紙を読んで、いても立ってもいられず、陛下にお話をして二週間、帰る時間をいただきました」

「皇帝が。そうか……」

「はい。陛下は一緒に今、サマールに来てくださっています」

二度驚いた父王は、今度は絶句してしまった。しかし、コレットの膨らんで見えるお腹を見て納得したような表情を見せた。

「どうだ、体調は大丈夫なのか？　長旅は体にこたえたろうに。あんな手紙を出してコレットに大きな心配をかけてしまったな……」

「いいえ。お父様からお手紙をいただけて、こうやってお会いできて嬉しいです。陛下が私とお腹の子供のために帯同させた医師がいますので、その方にも診ていただきましょう。早く、早く良くなって、お父様……っ」

張り詰めていた糸が切れたコレットは、父王の前で泣きだした。妊娠してから、涙もろくなってしまっているのだ。父王はコレットをベッドに腰かけさせ、手を握った。大丈夫だからとでも言うように、強く。

＊　＊　＊

ユーリから襲撃の話を聞いた大臣たちは、それはもう慌てふためいた。しかし、あの王太子ならやりかねないと、青くなった顔を見合わせる。大臣たちは、ユーリをすぐに応接間に案内した。そこで改めて、状況の説明と情報共有がなされた。

「帝国もカンガルについては常時監視をつけている状態ですが、サマールから見てカンガル国内や王太子についてわかることはありますか？」

集まった大臣たちをユーリが見回すと、ひとりが発言権を求めて手を上げた。

「カンガル国とは長い付き合いがありますが、近年は政治的腐敗が酷く、忠告も内部干渉だと批判されるため、サマールは距離を置いている状態です。カンガル国内は更に税金が重くなり、国境を越えて逃げ出してくるカンガル国民も更に増えてまいりました」

「やはり状況は変わっていないのですね。ゼイネス帝国にも、年々カンガル国からの人の流入が増え続けていて、近年の大きな問題になっています」

また、ひとりから手が上がる。

「カンガル国では、今王政に対する意見や方針が真っ二つに分かれているようです。一昨年までは、王族や貴族だけが私服を肥やす現況を押し進める、現国王や王太子に支持が集まっていたようですが……。王太子による貴族殺しが思った以上に影響を及ぼし、穏健派が第二王子支持を表明しはじめています」

カンガル国には、ふたりの王子がいる。国王の妃が産んだ王太子ミゲルと、側室が産んだ第二王子だ。目立つミゲルと違い第二王子の存在感は薄かったが、側室の生家は他国の由緒ある公爵家であったため、ミゲルの代わりになり得ると考えた穏健派から、御旗にされはじめている。

「第二王子の印象は薄いですが、真面目な青年です。近年の王太子の暴挙が目立ちはじめた頃から頭角を表しはじめました。ただでさえカンガルは所有する鉱山の件であちらの隣国と揉めていますから、一度内部浄化を望む声もあるようです。それに……」

目線だけで、ユーリはその続きを促す。

「王太子は、サマールが帝国の援助を受けはじめた頃から、カンガルの内政に完全に関心を失っているようで……。カンガル国王も相当頭を悩ませていると伝え聞きます」

「王太子はコレット様にしか、興味がないのか……」

応接間に、沈黙が落ちる。改めて言葉にしてみると、カンガル国内は穏やかではないのに、ミゲルはコレットのことしか見えていない。

援助の見返りとして条件に出したコレットの輿入れの可能性がなくなり、ミゲルは政治に関心をなくしたと聞いてユーリは言葉が出なくなってしまった。

「……カンガル国王が頭を悩ませているということは、今回の襲撃も王太子の勝手な行動なのでしょう。だから少人数だったのかもしれません」

その言葉に、ひとりの大臣が「ああ！」と声を上げた。

「勝手といえば、これは昔の話ですが、王太子がひとりサマールへやってきて森で見つかったことがありました。王太子は城の地下通路の出入り口を森で探していたようです。そのときに、王太子がコレット様に容易く接触できないように、カンガル国と厳しい取り決めを交わしたのですが……王太子はそれも破っているのですね」

そんなこともあったなと、大臣たちは口々に言い合う。ユーリは新たに聞くミゲルの執念深い行動に息を呑んだ。ユーリはもし、自分がミゲルだったらと考える。

「……王太子は、コレット様を攫い、カンガル国も捨ててどこか遠くに逃げるつもりなのかもしれないですね」

その言葉に、誰もがその可能性は十分にあると感じた。

「王太子は、サマールに潜んでコレット様をつけ狙っているのですよね。我々が警備を固める前に……今この瞬間にも再び襲ってくる可能性が……」

「そうです。しかしカンガル国との国境に置いた帝国の兵はすぐには動かせません。今はサマールの兵で城内外を固めて警備し、王太子が姿を現したら即座に捕らえ、帝国に連れていきます。あいつは襲撃のときに、俺に剣を向けた。理由はそれだけで十分です」

ここに揃う、すべての大臣が頷いた。国王が伏せっている今、罪を犯した隣国の王太子を拘留するのは負担が大きいのだ。

「我々もできる限りを尽くします。国王に内密には動けませんから、襲撃から今の流れまでは、わたくしが王にご報告いたします」

そう自ら言ったのは、サマール国の外務大臣だ。

「コレット様を、すぐにまた帝国に連れて戻るのが安全だとはわかっています。しかし身重の体、しかも一年ぶりの帰郷です。コレット様の心境を考えると、明日にでも帝国に戻ろうとは言えません。できれば予定通りにまず二週間は滞在させてあげたい……ですのでサマールの力を貸してください」

この発言に、大臣たちの緊張した顔は一瞬で綻んだ。

「ここは王女殿下が生まれ育った国です。我々は王女殿下が生まれたときから近くで成長を見守ってきました。それに、我々の国でもあります。王太子に好きにさせるつもりはありません」

なあ！と、大臣たちは顔を見合わせて強く頷く。ユーリはその頼りになる様子に安心して、肩に入った力が抜けていくのを感じた。

そのあとすぐ、ユーリは国王の元へ呼ばれた。説明を担った大臣と共に国王を訪れ、挨拶を済ませて状況を大臣と細やかに伝えた。

国王は伸びた顎髭を指先で触りながら、コレットや皆が無事で良かったと安堵の表情を浮かべた。しかし、根本的な問題はミゲルを捕らえない限り解決しないと、渋い顔をする。

国王の側にいるコレットも、少し表情を暗くした。

「……王太子、あれは幼い頃からコレットに執拗にまとわりついていた。実はずいぶん前からコレットの輿入れを望む声が王太子からあってな……。そのたびにコレットには内密に断っていたら、王太子はとうとう自分がサマールに婿に入ると言いだしたらしい。あちらの大臣から急ぎの使いが来て、もし王太子がサマールへ直談判にやってきたら断固拒否して欲しい、と言われていたのだ」

コレットからは「ひっ」と短い悲鳴が上がる。まさか自分の知らない水面下で、そんな話が繰り広げられているとは思わなかったのだろう。

「お父様、それは本当の話ですか？　援助の申し出の以前から、そんな話が……？」

「そうだ。だから援助の条件に堂々と輿入れを出してきたときには、なりふり構わなくなってきたと思っていた。大臣たちは輿入れには断固反対で、わたしも同じ意見だった。あれは……いくら幼かったとはいえ、わたしの娘に短剣を向け髪を切った。もうそれだけで、一緒にさせようとは思わないよ」

そう言い切ったあと、激しく咳き込んだ。すぐにコレットが国王の背中をさする。

その様子を見ながら、ユーリはミゲルがそんなことをしでかさなかったら、違う未来があったのかもしれないと想像してしまった。

短剣で髪も切らずコレットを大切にして、王位継承権を第二王子に譲り、サマール国への婿入りを申し込んでいたら――。皇帝になり身動きの取れないユーリは、もしかしたらミゲルとコレットの婚儀を祝うことになっていたかもしれなかったのだ。

嫌な汗がユーリの額に浮かぶ。けれど、コレットと想いが通じ合ったのは自分だと、心の中で強く鼓舞した。咳の落ち着いた国王に、ユーリが姿勢を正す。

「俺はコレット様を全力でお守りします。王太子には、指一本触れさせたりはしません。ゼイネス帝国の皇帝として誓います」

ユーリは国王の前で宣誓をする。国王はその姿に、「コレットを頼む」と答えた。

＊＊＊

大きな森に囲まれた城の外周は、松明を持った多数の兵たちに囲まれていた。

深夜。ゆらゆらと揺れる松明の火の粉が、暗い夜に舞い上がり消えていく。眠れないままベッドから出たコレットは、その様子を一年空けていた私室から眺めていた。

サマールの兵やユーリ、近衛騎士、護衛の兵たちが城内を見回ってくれていて、扉の外側は常に誰かの気配で満ちている。

それが味方なのか、それともミゲルなのか……そう考えると気が休まる時間がないのだ。

「皆が、私のために警備を固めてくれているのね……」

自分が父王を見舞いたいとわがままを言わなければ、こんなことにはならなかった。その一方で、それでもいつかはこうなっていただろうと考える。

(私が子供を産んでからでは、更に大変なことになっていた。まだ身がひとつのうちで良かったのだと、そう思わなくちゃ)

コレットは、今自分がサマールにいることで、国に負担をかけているとわかっている。見舞った父王にも、自分がここに今滞在するだけで余計な心労をかけている。

痩せてしまっていたが、父王の容態は最悪の想像よりもだいぶ良く見えた。

(今すぐにでもユーリ様に、明日帝国へ戻ることを提案しよう。帝国へ戻れば、ミゲルもここよりは手が出しにくくなるはずだわ)

自分の体調に問題はない。お腹も違和感を覚えるほど張ったりはしないので、移動も問題ないだろう。ゼイネス帝国との国境までサマールの兵にも護衛を頼めば、万が一にミゲルたちに襲われても撃退できる可能性が高い。それに兵が増えていれば、ミゲルは今回は諦めるかもしれない。

今夜はユーリから、部屋に様子を見に来ると言われている。どうせ眠れないだろうから、ユーリに会えるのを待とうと決めた。

そんなときだ。にわかに廊下がバタバタと騒がしくなりはじめた。

決してひとりで部屋から出てはいけないとユーリから言われているので、コレットはなにか声でも聞こえないものかと必死に耳をそばだてた。すると、断片的にだが衛兵だろうか、声が聞こえた。『見張り塔の上』『王太子』『皇帝と戦っている』と。

見張り塔は、この城と並ぶように建てられた、名前の通り遠くを見張るための塔だ。丈夫な石造りのため、緊急時における避難場所にもなっている塔である。

「見張り塔に、ミゲルがいる……⁉」

見張り塔なんて、そんなすぐ側にミゲルが今いるだなんてと、コレットは恐怖でぞわりとしてしまった。誰かを捕まえて詳しい話を聞こうとドアに手をかけようとした瞬間、ドアが激しくノックされた。

「コレット様！　ララです！」

コレットはすぐに扉を開けた。ララは息を切らしている。

「コレット様！　カンガルの王太子が、見張り塔に現れたようです！　見張り塔にいた兵士が賊に倒され、今、塔の上で皇帝たちと交戦中です！」

「なんですって……！」

ララからそう聞いたコレットは、いつかミゲルがひとりでサマール国へやってきて、城への秘密の地下通路を探していたことを思い出した。あのとき、ミゲルはもしかしたら、それを見つけていたのかもしれない。

地下通路は、見張り塔にも存在している。きっとミゲルが見つけたのは、見張り塔に繋がるものだったのだろう。それを今回、利用したのだと確信した。

「今、塔は内側から鍵がかけられ、中に入れず加勢に向かえない状態らしいです。父が兵を集めて、塔の扉を壊しにかかっているのですが……っ」

（加勢する人間が塔に入れないよう鍵をかけたのは、きっとミゲルの指示だわ。自分が姿を現せば、ユーリ様は真っ先にやってくる。そこですぐに塔に内側から鍵をかけてしまえば、少人数でユーリ様と対峙できる……）

昼間襲ってきたのは五人と聞いた。そんな少人数で塔に現れれば、普通ならあっという間にユーリや騎士たち、それにサマール国の兵たちに制圧されてしまう。

だから、ユーリたちを先に見張り塔に引き込んだあと、誰かがすぐに内側から鍵をかけたのだ……と、コレットは推測した。ユーリを人質にするため、あるいは……。

緊急時に避難場所になっている見張り塔だ、城の門と同じくらいかなり丈夫に造られている。その扉は簡単には壊せないだろうと、コレットとララは無言で感じ合っていた。

「……ララ、城の屋上へ行きましょう」

「いけません！　もしコレット様や、お腹のお子様になにかあったら……！」

コレットはララの言葉を背中で聞きながら、帝国へ向かう前に丁寧に手入れをしてしまっていた、愛用の弓と矢を取り出した。そして、静かに息を吐いた。

「塔に下から入れないなら、城の屋上から加勢するしかない。私、もう、ミゲルに怯えてばかりでいるのは嫌なの。それに、ユーリ様は私が守らなくちゃ」

コレットの瞳には、強い意志が宿っていた。落ち着いていて、不思議な威厳が滲み出ている。ララはその様子に、思わず息を呑んだ。

「……わかりました、行きましょう！」

ふたりが部屋を出ると、廊下は蜂の巣をつついたような騒ぎになっていた。兵士たちが弓や剣を持ち、屋上へ続く階段がある方向を目指して走っている。

「通して！　コレット様が通ります！」

ララが声を張り上げると、皆が一斉に足を止め振り返り、弓矢を持ったコレットの姿に驚いた。しかし皆も、強い意志を持ったコレットになにかを感じたようだ。「王女殿下！」「王女殿下！」と、道を開けコレットを奮い立たせるような声援に似た大きな声を上げる。

ララの先導で石の階段を上がっていく。屋上に繋がる出入り口では、向こうからの弓の的にならないよう、松明を消した兵たちが重なるようにして見張り塔の様子を窺っていた。

「見張り塔は、どうなっています？」

コレットの問いに、兵のひとりが答えた。

「ここから見える限りの様子ですが、今塔のてっぺんでは、皇帝とカンガルの王太子が交戦しているようです！　弓で加勢したいのですが、暗がりのうえ動き回っていて、万が一にも皇帝を傷つけてしまう可能性があり、慎重に機会を窺っているところです！」

出入り口から顔だけを出すと、いつでもすぐに矢を飛ばせるよう、物陰から見張り塔に向かって弓を構える数人の兵の姿が見えた。

狩人の加護を受けるサマール国の兵たちだ。どの兵も腕は確かだ。

コレットは空を見上げた。薄雲もあるが、満点の星がこぼれんばかりに輝いている。

月の光が皆の足元に濃く影を作り、そばにいるララの頬が青白く淡い光に照らされる。

「もっと近くで様子を見てきます」

そう言って、コレットがそろりと屋上の端にララと数人の兵を伴い移動すると、まさに見張り塔のてっぺんで、ユーリとミゲルが剣を交えているのが小さく見えた。

しかしやはり薄暗くて、目を凝らしてギリギリ人影がわかる程度にしか見えない。

ふたりの黒い影が右へ左へ動くたびに、屋上の出入り口からは兵たちの口から小さくわあっと声が上がる。見張り塔の下では、「せーのっ！」という大臣と兵たちのかけ声と共に、丸太を扉に思い切りぶつける、どんっ！という鈍い音が何度もしていた。

じっと見張り塔を注視していたララが、「てっぺんには、ふたつの人影しか見えません」とコレットに伝えた。

「ここからだと、月明かりでどうにか見える程度ね。薄雲が月を隠すまで、時間がない」

コレットは一度空を見上げて、雲の流れる速さから目視で、そして感覚でも風の強さを確認する。それから小さく息を吐いた。一年ぶりに弓を手にしてから、自分の中で沸き立つ狩人の血に高揚している。でも、このままでは矢は射られない。

この血が冷えて、頭の中が鏡のような波紋ひとつない湖面のようになるまで……。

「……私が、やるわ」

瞳を閉じたコレットに、屋上にいたララや兵たちは皆口を結び、手に汗を握り見守る。

ひとりの兵が、隠れて弓を構えていた兵たちに、それを下ろすように合図を送った。

誰かが息を呑むのも聞こえてきそうな静寂が、屋上を支配する。

遠くに剣が交わる金属音。下からはかけ声と、丸太を扉にぶつける鈍い音。

数分、あるいは永遠に感じる時間が屋上にだけ流れていく。

コレットは静かに閉じていた瞳を開き、息を吐いて足を広げ、矢を取り大きな弓を構えた。屋上から見張り塔までは、二百メートルほど。コレットの弓は大きく作られているため、それくらい先まで矢は飛ぶ。

ギリ……ッと、弦が思い切り引かれると、弓がぐっとしなっていく。

狩人の鋭い目をしたコレットが、見張り塔に向かって叫んだ。

「ミゲルーーッ！」

見張り塔で鍔迫《つばぜ》り合う、ふたつの影の動きが止まった。ミゲルの影と思われる方が、名前を呼ばれて城の方、コレットに視線を向けた。コレットは確信していた。――自分に名前を呼ばれたミゲルは、声をした方を見るために必ず動きを止めると。

その瞬間。満点の星が一斉に煌めいたあと、まるで何千本もの光の矢になって一斉に地上へ降り注いだ。

人々がその神秘的で神がかった光景に言葉をなくしている間、コレットの放った矢は大きく弧を描き、ミゲルの腕に命中した。そこでユーリはミゲルの腕を切りつけ、ミゲルは

剣を手放し、どさりと倒れ込んだ。

時を同じくして、見張り塔の扉にぶつけていた丸太が、ひと際大きな音を立てた。すぐにバキバキと続けて音がして、わあっと声が上がり一斉に兵が見張り塔に突入していく。

塔の上にサマールの兵たちが集まるのを見て、コレットはやっと構えた弓を下ろした。

その夜。光の矢が降り注ぐような流星群は、夜が明けるまで続いた。

——そうして、三年の月日が経った。

「おかあさま、おとうさまはー？」

「お父様は、今日はマルクのために早く帰ってくると仰っていたわ。おりこうにして、待っていましょうね」

ユーリとコレットの子供——二歳になったマルクは、ユーリと同じ大きな蒼い瞳をコレットに向けて笑う。コレットは自分に似た柔らかな色の髪を撫でて抱き上げる。

「じゃあ、おじいさまに、えをかきたい！」

「あら！　それは喜ぶと思うわ。ララを呼んで紙を一緒に選んでもらおうか？」

「うん！　ララー！」

マルクは、隣の部屋で片付けをしていたララの元へ走っていってしまった。

コレットは海の音が聞こえるゼイネス帝国のあの屋敷の部屋で、ソファーに腰をかけひと休みをはじめる。

マルクはとても活発で、コレットやララや乳母が三人がかりになって全力で遊びの相手をしても、まだまだ足りないようだ。

普段は城を居住にしているが、コレットはマルクにも海を見せたくて月に五日ほどはこの屋敷を使っている。

コレットは、ゼイネス帝国の皇帝・ユーリ・サングーマの妃になっていた。

あの夜、見張り塔の上で傷を負ったミゲルを、ユーリはしっかりと捕らえた。ミゲルの仲間たちも、ひとり残らず騎士たちによって捕らえられた。

兵にミゲルを引き渡し、走って城へ戻ると、矢を射ったコレットを周囲の目も気にせずに強く抱きしめた。

その足で国王の元へ行き、ミゲルを捕らえたこと、コレットを愛していることをユーリが伝えるのを、コレットは隣で聞いていた。

そうして自分もユーリを愛していることを伝え、想い合うことだけは許して欲しいと父王に懇願した。

国のために思い直せと言われるのを覚悟していたが、父王の返事は意外なものだった。『想い合い、子が産まれるならふたりは一緒になった方がいい。わたしはまだこれくらいで、くたばるつもりはないから安心しろ』

そう言って、父王はコレットの背中を押してくれたのだ。

実際に、父王はその後体調を持ち直した。コレットの産む子供の誰かがサマール国を治めたいと言うまでは、どんなことがあっても死なないと宣言するほど、とても元気になった。

しかし、それまでに万が一のことがあれば、コレットが帰郷をしてサマール国の女王になる。その決意をコレットから聞いた父王は、娘を静かに抱きしめて『万が一のときには、な』と笑った。

コレットが帝国で学び続けている貿易の話や提案にも、真摯に耳を傾けてくれている。

近いうちに、大臣たちを連れて帝国に視察にやってくる予定だ。

孫であるマルクに、お土産をたくさん持っていくと張り切っている。

ミゲルは見張り塔で捕まったあと、帝国に連行された。

そのとき、コレットが帝国で見つけた木彫りの馬は、ミゲルが彫り、雇った人間にわざとコレットの目につく場所に置くよう指示していたことがわかった。

コレットはミゲルに会いに行った。どうしてミゲルはそんなにも自分に執着しているのか、知らなければいけないと思ったからだ。

場所は帝国の地下牢だった。この地下牢は日差しこそ差し込まないが、鉄柵の向こうはある程度の家具は揃っている、貴族専用の牢だ。

面会に付き添うというユーリの申し出を断り、コレットはミゲルと鉄柵越しに一体一で向き合うと決めていた。

改めて顔を合わせたミゲルは、包帯を巻いた右腕を首から三角巾で吊っていた。白いシャツにズボンという、軽装姿だった。

『腕の具合はどう？』

コレットが鉄柵の前で聞くと、ミゲルはすぐ側まで寄り『大丈夫だよ』と微笑んだ。

『コレットこそ、またお腹が大きくなったんじゃない？　ひとりで会いに来て、皇帝に怒られるんじゃないの？』

なんて言って、くすくすと笑う。まるで憑《つ》き物でも落ちたようなミゲルの態度に、コレットは戸惑った。

『ミゲルって、そんなに穏やかだった？』

思わず聞いてしまったコレットの言葉に、ミゲルは目を丸くしたあとまた小さく笑った。

『……僕は、本当はこんな感じなんだよ。多分、もう君に一生会えなくなるから、心の底から安心しているのかもしれない。僕はいつも、コレットと一緒にいたいって必死だったからね。突き上げる激しい感情に振り回されて、気が休まる暇もなかった』

『……どうして、そんなに私と一緒にいたかったの？　ミゲルはいつも、私に意地悪しかしなかったじゃない』

『そんなこと、したかな』

『私の髪、ナイフで切ったじゃない』

ああ、とミゲルは呟いて、片手で器用に自分のロケットペンダントを外し、コレットの前で開いてみせた。

中には、ほんの少しの髪が……コレットと同じシルバーアッシュの髪が入っていた。

コレットの心臓は、ドキリと一度強く鼓動を打った。

『僕だけのお守りが欲しかったんだ。父に酷く叱責されても、母に思い切り叩かれても泣かなくて済むように、特別なお守りが。僕にはじめて優しく話しかけてくれた女の子、好きな馬の話をしてくれた女の子。コレットの髪のお守りのおかげで、僕はもう泣き方をすっかり忘れちゃったよ』

ミゲルは開いたロケットに挟まる髪を指先で愛おしそうに撫でてから、ペンダントを静かに閉じた。

『泣き方を忘れられたから、今度はコレットと一緒にいたら、もっとなんでもできる気がしたんだ。三国をひとつにして、この辺りで一番大きな国にして、コレットと結婚して幸せになってみたかった。コレットがいれば、僕は幸せになれると思ったんだ。だって、狩人と鷹は最高の狩りの相棒だもの』

あはは、とミゲルが笑う。でもその笑い方は、コレットにはまるで泣いているように見えてしまった。

『……馬の置き物、ありがとう。ミゲルにずっとお礼が言いたかったの』

『ああ。あれを彫っているとね、心がすごく落ち着くんだ。いつも頭に響く声が聞こえなくなる。子供の頃に作った最初のより、だんだん上手くなってたでしょう?』

『どの子も可愛いよ。私の愛馬に、どの馬もとても似ていたもの』

『そうなの？　最初の馬なんて、一生懸命彫ったけど、下手くそだったのになぁ』

変なの。なんてミゲルは微笑んだ。そうして、小さく口を開いた。

『……あの塔で、どうして皇帝じゃなくて、僕の名前を呼んだの?』

『ミゲルなら、私に名前を呼ばれたら絶対に声がした方を見ると思ったの。そこだけは、私はミゲルを信じていたのよ』

隠さずにコレットが答えると、ミゲルは嬉しそうに『まいったな』と呟いた。

コレットと一緒になれば幸せになれると信じ込んで、ミゲルは多分ずっと苦しんでいた。もうコレットを追いかけなくてもいいとわかり、穏やかな一面を見せている。

コレットは小さく『さよなら』と言って、返事を待たず振り返らずに牢をあとにした。あのままミゲルを前にしていたら、同情心に似た気持ちを抱いてしまいそうだったからだ。すぐにそうならなかったのは、ミゲルが最後までコレットに謝罪の姿勢を示さなかったから。ミゲルは最初から最後まで、ミゲル自身のことだけを考えていた。

じわじわと涙が溢れそうになった先で、ユーリが待っていたのに気づいた。

涙ぐむコレットを、ユーリはなにも言わずに抱きしめた。

ミゲルはその後、カンガル国に引き取られ、辺境で生涯幽閉されることが決まった。

同時期にカンガル国ではついに、全権を持つ国王から政権を奪うために、武力行使の政変が起きた。捕らえられたカンガル国王は妃と共に、ミゲルとはまた違う場所で幽閉されることになった。

穏健派からの支持を受けていた第二王子が国王の座に就き、周囲に支えられながらカンガル国を自浄し、立て直すために日々奮闘している。

国内も落ち着いてきていて、ゼイネス帝国に逃げた国民がカンガル国に戻っていく様子も多く見られはじめていた。

中間地点にあるサマール国では宿や馬車の休憩ができる場所を増やして、国に戻るカンガル国民たちの手助けをしている。

政変を、そして第二王子や支援者を陰で支えたのは、ゼイネス帝国だった。

変革には犠牲が伴うものだが、ユーリはそれが最小限に収まるように各所で調整や手配に尽力した。カイゼルは穏健派が勢力を増すよう、秘密裏に情報の収集や発信、それに同士を繋ぎ集める重要な役割を果たしていた。

内部が隅々まで腐った杭が少しの力を加えただけで倒れるように、散々国民を苦しめる重税を課していた絶対王政は、呆気なく崩れていった。

コレットを攫おうとしたミゲルの蛮行、第二王子を支える支持者の増加などがあいまり、ようやくそのときが来たのだと、コレットはユーリが語るのを聞いた。

第二王子が治めるカンガル国がこれから良い方向へ向かえば、いつか、たとえばユーリとコレットの子供たちの世代、そう遠くない未来に三つの国は、まるでひとつの大きな国のように助け合い支え合える関係になるかもしれない。

この結果が予言されたものかどうかはわからないが、そうありたい、未来を担う子供たちのために自分たちが下地をしっかりと固めていきたいと、コレットはユーリと熱く話し合った。

（ミゲルは今、穏やかな気持ちで生きているのかしら……）

夜になり、マルクは乳母に連れられて別室で就寝している。ララは今夜、カイゼルに美味しいお茶があると誘われ、ローン公爵邸に行っている。

ララとカイゼルは、つかず離れずの関係を続けている。

友達のような、恋人のような……そんなふたりが幸せになる話を聞くのを、コレットは楽しみにしている。

クローネは帝国初の女性騎士として、近いうちにコレットを護る騎士に就任する予定だ。剣術の腕前に加え、女性ならではの細やかな気配り力が評価された。

コレットとクローネは手を取り合い、とても喜んだ。

夕方、城から屋敷へ帰ってきたユーリは、マルクとたっぷり遊んでから夕飯を一緒に摂った。子煩悩なユーリは、マルクをとても大切にしてくれている。

皇帝でありながら、マルクの前ではひとりの父親の顔を見せる。

毎日抱き上げて頬を寄せ、愛のたくさんこもった口付けを何度も額に落とすのだ。

夫婦の寝室で、昼間思い出したミゲルのことを、コレットはなかなか忘れられないでいた。

「どうした、コレット。元気がないように見えるけど……」

コレットは慌てて、ユーリの腕の中で首を横に振った。

「元気です、大丈夫です。ただちょっと気になったことが、忘れられないだけで……」

ユーリは「ん？」と言ったあと、「ああ……」と歯切れ悪く言った。

「それは、ミゲルのことかな」

ずばり言い当てられ、コレットは驚いて言葉が出なくなってしまった。

「やっぱり。加護を受ける者は、お互いになにか感じ合うものがあるのかもしれないな」

「……と、言うと？」

「カンガル国から、ミゲルが彫った馬の置き物がひとつ届けられたよ。これは、ミゲルが今生きている証明になる。俺はミゲルをカンガル国に引き渡すとき、殺害はしないようにと約束を交わしたから。昔のよしみでね……」

こうやって定期的に、これからもミゲルから馬の置き物が届くらしい。ミゲルが生きていることに、コレットはほっとした。

「ミゲルは言っていました。木を彫っていると、心がとても落ち着くのだと。多分その時間だけは、集中しているぶんだけ感情に振り回されないでいられるのでしょう」

「本当は渡したくはないけど、コレットの愛馬を模していると聞いたら、しまいっぱなしにはできない。調べたけれど、特になにか施された形跡はないようだから明日手渡そう」

ユーリが確認をしたら、捨てられても仕方がない木彫りの馬。なのにユーリは、それがコレットの愛馬を模しているという理由だけで渡してくれるという。

その優しさに、コレットは心が温かくなった。

「……ふふ、そのうちに数が増えてきたら、今度はボードゲームの盤でも彫ってもらいましょうか。私の愛馬たちを駒にして、遊べるゲームを考えなくちゃ」

「そうしたら、元王太子は忙しくなるだろうな。俺はそういった手仕事はしたことがないから、あいつにはかなわないよ」

コレットもユーリも、ミゲルとは色々なことがあった。

命を懸けて剣を交え、矢も射ったが、もう二度と会うことがなくなった今は、ミゲルを憎み切れなくなっていた。

自分でも調整のできない、強迫観念のような感情に振り回されていたミゲルが、静かに暮らせることをふたりは心から願っていた。

「……さぁ、この話はここでおしまい。これからは俺を見て」

ユーリはコレットの寝間着を脱がせて、白くしっとりとしたまろやかな体を大きな手でまさぐる。

「ふ……っ、んん……っ」

「コレットは、変わらず感じやすくて……俺はその甘い声を聞いて……昂ってしまう」

蕩けそうに柔らかな白い胸を、ユーリは優しく大切に揉み上げた。少し力を入れただけで、手のひらの中で豊かな乳房は形を変える。それを見て、自分が興奮していくのをコレットは感じていた。

「あっ……ああ……ッ」

「いつ触れてもこんなに柔らかくて……気持ちいい、ずっと触っていたい」

ユーリに首筋や鎖骨、そして乳房に口付けを落とされながら揉まれ、硬くなった乳房の先端を口に含んで転がされた。

「あ、あ、やぁ、ぁ……っ！」

歯で軽くしごかれ、コレットの背中は快楽で仰け反っていく。すでに濡れた下腹部に、ユーリの硬くなった男性器の先を当てられた。

何度もユーリを受け入れた蜜口は、そのまま切っ先を飲み込み、ぬかるんだ肉壁が絡みつく。

「……俺、コレットとの子供がもっと欲しい。賑やかで……楽しい家庭を……コレットと作りたい……。それに、サマール国のためにも励まないと」

「もう……！」

じゅんっと、ユーリの言葉に反応して蜜口から愛液が溢れる。滑りが良くなり、ユーリの男性器がぐっと奥まで入ってきた。

「おく……きてます、ユーリ様のが……っ」

「届いたな、俺も感じる。コレットに包まれてる……っ」

とん、と奥を突かれ、甘い息が漏れる。ユーリがコレットの唇に舌を這わせて、舐める。

「一番奥まで、入れるよ。ゆっくりするから力を抜いていて……」

「は、い……入って……きてます……あぁっ！」

大きく足を開かれると、より熱い体同士が密着する。股関節辺りの骨に、ユーリの足の骨が当たると、コレットはいつも本当に最奥までユーリが挿入しようとしているのを感じてゾクゾクしてしまう。

「やぁ、おおきぃ……っ、あ、あっ」

「……コレットが綺麗だから、俺のモノはいつも痛いくらい大きくなってしまうよ」

二、三度突かれると、ぐちゅぐちゅと水音がしはじめる。この音はとても恥ずかしいのに、コレットが恥ずかしがると音は大きくなるのだ。
「あんっ……！　お腹の奥、あたる……あんっ！」

「気持ちいい、絡め取られる……」

突かれるたびに乳房がふるりと震え、ユーリがむしゃぶりついてくる。

コレットは乳首を軽く噛まれながら突かれると、自分がいつもより乱れてしまうのを知っている。

今も舐られ、甘噛みされている。

「コレットは、これが好きなんだよね。俺も可愛いコレットが見られるから、ずっと噛んであげていたいけど……」

口付けもしようと、唇を重ねられた。

「可愛い、綺麗だ、愛してる」

「私も、ユーリ様を……あっ、愛しています……っ」

抽挿を繰り返されているうちに、背が浮いて仰け反ってしまう。ユーリに抱かれているうちに、コレットは快楽を拾うのが上手くなってきていた。

「あんっ、はあ……、速いの、気持ちいい」

「……気持ちいいね、俺も……もっと強くしても……？」

「はい……ひんっ……あ、あ、あっ！」

声がユーリの動きに合わせて出てしまうのを、コレットは止められない。そのうちに、大きな快楽の波に呑まれそうになってきた。

「……きちゃう、きちゃう、あっあ、あっ！」

肉壁がユーリの男性器をぎゅうっと締めて、快楽を逃がすまいと絡みつく。

「柔らかくて、熱くて、蕩けそうだ……」

腰を打ちつけられると、水音と肌がぶつかり合う音が更に大きくなっていく。

「ユーリ様、あ、あ……っ！」

「……また、俺の子供を、孕んで……っ」

熱い男性器が、コレットを必ず孕ませようと速い抽挿を繰り返す。ユーリは汗だくになりながら、コレットを離さない。

この瞬間、コレットは自分がとてもユーリに愛されているとわからされる。

「ひ、あ、あ、――ッ！」

目の前が真っ白になると、ユーリから深く口付けられ、最奥で放たれたのがわかった。

ユーリはいつも、行為のあとにコレットの身を丁寧に清め、寝間着を着せてくれる。自分でやると言っても、聞いてはくれないのだ。

汗で湿った銀色の髪をかき上げ、ユーリはにこっと笑う。それからかいがいしく、コレットの世話を焼く。

だから、強く思う。

「私、ユーリ様の子供が欲しいです。マルクは本当に可愛いです、だから次の子供も絶対に可愛いと思います」

コレットの思いを聞いたユーリは、蕩けるような笑顔を浮かべた。

「俺も、俺もそう思う。大好きなコレットとの子供が、もっと欲しい……。愛してるよ、俺のコレット」

唇を重ねられ、耳元や首筋をまさぐられる。身を清めてもらったあとだけれど、またすぐに……。

口付けを受けながら、コレットは愛おしいユーリをもっと自分に引き寄せるために、その首に腕を回した。

エピローグ

マルクが四歳になった頃、ユーリとコレットの間には女の子が生まれた。

ユーリに似た銀色の髪に、コレットと同じ灰色の瞳。まるでお人形のような顔立ちは、コレットにそっくりだと評判だ。ユーリはマルクが生まれたときと同様に大変喜び、お産を終えたコレットに労りの言葉の限りを尽くし、汗ばむ額に口付けを落とした。

名前はリーシャと名付け、マルクは妹の名を呼び、その側を一日中離れずくっ付いている。

それを見たカイゼルは、『妹という存在は本当に可愛いものです』と主張してクローネは顔を真っ赤にしていた。

そのリーシャが生まれて三ヶ月が経った頃、今夜は流星群が見えるというので、家族四人と騎士たちとで屋敷近くの海岸に来ている。

ひとつかふたつ、流れ星を見られたら帰ろうという無理のない範囲の夜の散歩だ。

マルクは夜の海岸に来るのは今回がはじめてで、不安なのかコレットの手を強く握り、視線はまっすぐに暗い海に浮かんだ白い月の光を見ている。

「おかあさま、うみがひかってみえるよ」

「そうね。あの光は道に見えるでしょう？　天の国から魂がひと晩だけ姿を得て、あの道を通って会いたい人の夢に帰ってくるというお話を本で読んだことがあるわ」

コレットは亡くなった母の、痩せてはいたが柔和に笑う顔を思い出していた。

（お母様。いつも天から見守ってくれていると思うけれど。可愛いマルクとリーシャに会わせて、ふたりを抱かせてあげたかった）

リーシャはコレットにとても似ていたが、コレットはそこに自分の母の面影があるように思っていた。リーシャが母の生まれ変わりだとは思わないけれど、母から繋がるなにかを感じていた。

そのリーシャはしっかりとおくるみに包まれ、ユーリに抱かれている。

夜風に微かに吹かれてぴょこぴょこと巻き上がるリーシャの前髪を、ユーリは指先で優しく撫でつけている。

マルクのときもそうだったが、ユーリは両手が空いていればすぐに子供を抱く。皇帝が、抱き癖が、とコソコソと言う人間もいるようだが、そんなものを気にして自分の子供の可愛い盛りや成長を見逃すなんてもってのほか、というのがユーリの持論だ。

その可愛がりようはコレットに対しても同じで、子供を優しく抱いてはコレットを見つめて微笑む。

『一緒にいるときはなるたけ、最愛の妻の表情を見逃したくないんだ』

ユーリの言葉に、コレットははじめて温泉で一緒に入浴をしたときも、そんなことを言われたなと思い出し懐かしくなった。

夜の海に浮かぶ満月は明るく、流星を見るにはあまり適してはいないが、小さなマルクにはちょうどいい。真っ暗な海と空では、怖がってしまいそうだったからだ。

「マルク、空を見てごらん。お月さまが眩しいかもしれないけれど、流れ星が見えるよ」

「おとうさま。ながれぼしって、あのひかっているつぶがおちてきちゃうの？」

「そうだよ。光りながら落っこちてくる」

マルクはコレットと繋いでいた手を離し、ユーリの足にしがみついた。

「リーシャにあたったら、いたくてないちゃう！　おとうさま、ぼくはリーシャをまもる」

生まれたばかりの妹を思う小さな騎士の勇敢な行動に、ユーリはリーシャをコレットに預け、マルクを抱き上げた。

「流れ星はここまで落ちる前に、燃え尽きてしまうから大丈夫だ。ほら、眠っているリーシャの代わりに、しっかりと星を見て明日話して聞かせてあげて」

ユーリが空を指差し、マルクが星を見上げる。コレットもリーシャをしっかりと抱きながら、一緒に夜の空を見上げた。

「……あっ！　おとうさま、おかあさま、ほしがおっこちた！」

夜の海の波に飛び込むように、大きな流れ星が長い光の尾を引きながら煌めいて消えた。

目を輝かせるマルクの横顔に、コレットとユーリは目を合わせて微笑み合う。

母の葬儀の夜。とてつもない寂しさの中で、流れ星を一緒に見てくれたのはユーリだった。流れ星は空の涙だと、そして泣くのを我慢しなくていいよと言って隣にいてくれた。

今はそのユーリと奇跡的に夫婦になり、愛おしい子供がふたりに増えた。

「……幸せで、なんだか涙が出てきてしまいます」

肩に頭を預けてきたコレットに、ユーリは「この頬に流れる星は、俺がすべて消してあげる」と言って、優しく親指の腹でコレットの流す嬉し涙を拭った。

翌朝。マルクはユーリとコレットの寝室へ飛び込んできて、不思議な夢を見たと言った。

「あのね、おおきなしろいうまに、おかあさまににているひとがのっていたの！　それから、おしろのえでみた、おとうさまの、おとうさまとおかあさまも！　ニコニコしてぼくのあたまをなでた！」

その話を聞き、ふたりは顔を見合わせた。そして「それは良かった。本当にいい夢だったね」とマルクを真ん中に抱き寄せて、息子の夢に会いに来てくれた親たちに感謝しながら思いを馳せた。

おわり

あとがき

はじめましての方も、お久しぶりの方も、こんにちは木登です。

このたびは、この本を手に取っていただきありがとうございます。

今作のテーマは『身ごもり』です。

ヒストカルでの身ごもり。私自身は二作目になるのですが、今回は契約の元に身ごもりで、ヒーローやヒロインの葛藤や揺れ動く心にスポットをあて執筆をしました。

いつかは手放さざるを得ない子をお腹で育むヒロインの心中は、本当に辛かったと思います。作中でヒロインが海辺の屋敷で暮らすのですが、真夜中に波の音を聞きながら、お腹の子と貝になって深い海の底でひっそりと生きていきたい……なんて考えた夜もあっただろうと想像します。

ヒーローも、ヒロインが次期女王ゆえに求婚ができず、隣国からの無茶ぶりな要求からヒロインを守るために、更に無茶な交換条件を出したのですが……絶対にヒロインから嫌われただろうと落ち込んだだろうなと思います。

物語を盛り上げるため、また辻褄を合わせるのに、今回も担当様が良いアドバイスをたくさんして下さいました。私は毎度勢い、また自分の頭の中ではわかっている、という感じに突っ走ってしまうので、担当様の舵取りが本当にありがたいです。

そして、今作のカバー絵や口絵、挿絵を鈴ノ助先生に担当していただきました！

キャラクター表やラフをいただいた瞬間からテンション爆上がりで、カバー絵完成時には、あまりにもイメージ通り、いやイメージ以上で腰を抜かすかと思いました。

この二人が作中で活躍したり悩んだりしてるんだと想像をしたら、よりいっそう作品が大切なものになりました。

鈴ノ助先生、本当にありがとうございます！

最後に、ここまで読んでくださった読者さまへ。

少しでも楽しんでもらえていたら、本当に嬉しいです。

小さな国のたった一人のお姫様だったヒロインの物語を、読んでくださりありがとうございました！

木登

白銀の狼陛下と小国姫の蜜月身ごもり契約

Vanilla文庫

2024年12月20日　第1刷発行　定価はカバーに表示してあります

著　者　木登　©KINOBORI 2024
装　画　鈴ノ助
発行人　鈴木幸辰
発行所　株式会社ハーパーコリンズ・ジャパン
東京都千代田区大手町1-5-1
電話　04-2951-2000（営業）
0570-008091（読者サービス係）
印刷・製本　中央精版印刷株式会社

Printed in Japan ©K.K. HarperCollins Japan 2024 ISBN978-4-596-72040-5